太宰治との奇跡の四日間

私的、昭和文壇史

櫻井秀勲
Sakurai Hidenori

きずな出版

目次

DTP／今井明子

太宰治との奇跡の四日間

私的、昭和文壇史

「きみは毎日一人で、温泉に入っているけど、一体何をやっているんだね？」

「ハイ、皮膚病を治しに、この温泉に来ています」

「一人でかい？」

「ハイ、一人です」

「どんな皮膚病なんだね？」

「両手の指の間に疥癬《かいせん》ができてしまい、これが薬がなくて、治らないのです。先生が温泉なら治るかもしれないというので、兄に連れて来てもらいました」

「どれ、見せてごらん」

中年の男は私に両手を出させて、じっと見つめていたが、

「ヒマなのか？」

「えっ？　ハイ、時間はあります」

「だったら、あとで私の部屋に遊びに来ないか？　部屋は『二階の奥の間』だ」

それだけいうと、その男は風呂から出ていった……。

（写真提供 朝日新聞社）

第一章　温泉宿の男

湯治場の出会い

昭和二十一年（１９４６）、十二月が数日後には、新しい年に変わろうかという師走のことだった。神奈川県芦ノ湖に近い芦之湯温泉は、いまでこそすばらしい温泉地になっているが、戦争に負けて一年半足らずの時期は、温泉といっても、いまの家庭風呂に毛の生えたようなもので、私は一週間ほど滞在したが、この男性以外の客を、一人も見なかった。

この時期はラジオ以外の娯楽はない。それもこの温泉地まで電波が届きにくいのか、ガーガーピーピー鳴るほどで、これはどこにいても似たようなものだった。

念のためにいえば、ＮＨＫがテレビの本放送を始めたのは、昭和二十八年（１９５

3）二月一日、私が大学を卒業した年になる。私がテレビ放映を初めて見たのは、山手線の新橋駅前広場だった。それまでは音と声だけのラジオが娯楽の中心だった。

戦争に負けた傷は大きく、温泉に入りに来られるような家族は、まだめったにいなかったようだ。いつもひとりの私は食事をしたら、ラジオを聴くだけの毎日を送っていたので、その中年男性の誘いを喜んで受けた。

一旦部屋に戻り、着更えてから、その男の指定した部屋に行った。途中どの部屋も、客のいる様子はない。

目指す部屋を探し出し、

「失礼します」

とドアを叩くと、思いがけず女性の声と共に、中年の女性が顔を見せた。

「どうぞどうぞ、お待ちしていましたよ」

と、にこやかに迎えてくれた。

この当時は日本間が普通なので、座布団をすすめられた。テーブルにお茶が入っている。

中学生の私は、何となく中年の男が、ひとりで温泉に来ていると思っていたので、少しあわてて、ドキドキしてしまった。肝心の本人は隣室からやってきて、

「おお、やってきたか」

と、私の前に座った。

「どうせひとりなんだから、ゆっくりして行きなさい」

と笑った。


私はまだ中学生であり、それこそ少し前までは、千葉県の疎開先で、兵隊と共に、松の根を掘っていた。飛行機用の油にするためだ。そんな生活をしていたので、何を話していいのか、何を訊いていいのか、まったくわからず、ただその男の顔を見つめるだけだった。

また何か質問するのは失礼なのかな、という考えもあって、何となく部屋の中を見

回していた。するともう一部屋の床の間の脇に、机が置いてあり、そこに原稿用紙らしき束があるのが見えた。

「何か書く人なのかな？」

と思ったが、何となく私は身がすくんで、小さくなっている感じなのだ。そこに奥さんらしき女性がお茶を持ってきて、一緒に座った。

この日から丸四日間、私はこの夫婦らしき男女と、一日、数時間を過ごすようになったのだ。なぜかわからないが、私の話が、その男性には面白いのか、珍しいのか「フン、フン」といいながら、目でその先を話せと、促すのだった。

それまでの私は、こういうタイプの大人の男女を見たこともないし、知り合いにもいなかった。何しろ戦後の生活は、まだまだ苦しい最中だった。中国戦線から兄が一人、帰国したおかげで、こうやって温泉治療というぜいたくをさせてもらえたくらいで、私の何がこの男女の興味を引いているのか、さっぱりわからなかった。

ただ一つだけわかったことは、私が十四歳の少年にしてはませているというか、思いがけない生活をしてきたのを知って、私からそれを話させよう、聞かせてもらおう、という姿勢が強かったことだ。

聞きくたびれると、女性にふとんを二つ敷かせ、

「きみも横になって話しなさい」

と、互いに向き合って話し合った。これだけはいまでもはっきり記憶しているが、珍しい話し方、聞き方だったので、私も大の男に、結構しゃべったことを覚えている。

この形での会話が、後年、五味康祐《ごみやすすけ》＊1、三島由紀夫《みしまゆきお》＊2、川端康成《かわばたやすなり》＊3という大作家と私を結びつけた、といっても過言ではない。

川端康成先生は無口で有名な大作家だが、初めてお目にかかった日に、ほとんど無口、無言のまま、鎌倉の先生宅から帰ることになりそうだった。

そこで、この話を持ち出して、何人もの作家たちが、その男は太宰治《だざいおさむ》ではないかと、私の話を聞きたがった、とポツリと出したところ、突然「ゆっくりして行け。そしてその話を話してみなさい」と、態度が急に変わったのだ。

これについては後述するが、川端康成のクセの一つだったかもしれない。

ここまで書いてくると、不審の念を持つ読者もいらっしゃるかもしれない。太宰治なら『ダス・ゲマイネ』『富嶽百景』『女生徒』『走れメロス』などの名作は、戦前、戦時中に書かれたもので、当然、新聞に広告も出ているだろうし、本人の写真も何枚も出ていたはずだからだ。

十四歳の旧制中学生であれば、読んでいても不思議ではない。実際、二十二歳から出版社の小説担当編集者になった私だけに、知らなかったら笑われたかもしれない。

しかし残念ながら私は、太宰治の名前は知っていたが、作品は一作も読んでいなかったのだ。

それは戦争中という非常時だったため、新聞そのものが家庭に配達されなかったのだ。いや、新聞そのものを読んでいる家庭が珍しい時代だった。私は学校で新聞を読むくらいで、家では買えなかった。

さらに驚くことに、当時の新聞は記事中心で、有名人であっても、顔があまり出ないので、顔と名前がなかなか一致しなかったのだ。戦争と皇室記事が中心のため、一般人の記事や写真は小さく扱われるのが常だった。

大臣と大将の写真だけは、何となく知っているが、芸能人や作家の顔を知っている一般人は、ほぼいなかったろう。それに戦争が激しくなってくると、新聞印刷は紙質も悪いため、写真がはっきり映らないのだ。

さらに新聞そのものがタブロイド判になることで、写真を掲載する余裕がなかったため、本当の顔がどうなのか、芸能人でもわからないほどだった。

私の世代がどういう生活を送っていたか、ここで先に書いておくと、中学二年から学徒動員となり、私たちは東京・五反田の電線製作工場に働きに行くことになったのだ。

つまりは中学一年だけ勉強し、二年からは学校に通うのではなく、工場に出勤させられることになった、ということなのだ。

このまま敗戦の三年の二学期まで、まったく学校に行かなかったのだから、勉強ができるはずのない中学生だった。つまりは国語や歴史の教科書も渡されていないのだから、小説など読んだことのない世代だった。

実はこのときの話、つまり、勉強をまったく知らないで過ごした中学生が、どういう成長を遂げてきたのかが、太宰治と覚しき中年男性の心を揺り動かしたのではないかと、私はいまでも思っている。

それは戦争という非日常の日々が、人間の心を狂わせていくことになったからだ。なぜこの話をその中年男性に話すようになったかというと、話の誘導がうまいのだ。「それで」「それから」「で、君は？」「ふーん、大変だったな」「それは何歳のときだ？」――中学二年の少年にとって、忘れられない事件だけに、迫真の力があったのかもしれない。

さすがにこの話は、その中年男性も驚いたようで、このあと急速に、心が接近したような気がしたほどだった。

机上の原稿用紙

私がなぜその話を持ち出したかというと、その頃になると、この人は作家ではないか？　と、はっきり思い始めていたからだ。

一つには原稿用紙が束になって重ねてあったことで、顔つきも指先も、ふつうの職業の中年男性とは思えなくなっていたのだ。

ではなぜ、作家名を訊かなかったかというと、訊いても大人の小説家の名前を、私が知っている自信など、なかったからなのだ。仮に訊いても答えなかったと、いままでも私は思っている。これまでのところ、教科書に出ている有名人以外、誰も知らなかったし、戦争を鼓吹する類いの有名人以外、教科書には出ていなかったのだ。

私が作家の名前を知り、それらの方々の作品を読み始めたのは、旧制中学五年（現在の高校二年）になった頃であり、戦後しばらくたってから、ようやく「日本文学全集」「世界文学全集」が出はじめたほどで、小説を読みたくても、戦争が終わった当時は、図書館に行く以外なかった。

しかしその図書館が開いたのは、昭和二十五年（１９５０）であり、それまでは学校の図書室を活用した。

いまでこそ、戦後の作家であれば、ある程度の専門家になっているが、中学生時代はお恥ずかしい知識しかなかったと思う。

そんな程度だったので、仮に作家名を訊いて知らなかったら、恥ずかしいし、第一、その男性に失礼になるので、訊けなかったというのが、本当のところだった。

では、その男に私は何を話したかというと、旧制中学二年で電気工場に学徒動員をさせられたとき、女学校五年の生徒と一緒になったのだ。

いわばお姉さんたちと共同で、電線作りに励むことになった、といっていいだろう。

最初のうちは仲よくやっていたのだが、次第に戦況は悪化し、警戒警報がひんぱんに出るようになり、帰宅させられる回数がふえてきた。

ところが、仲間と帰ろうとすると、その仲間がいないのだ。最初のうちは先に帰ったのかと思っていたが、そのうち、警報が鳴るたびに違う友だちがいなくなるようになったのだ。

なぜか、警戒警報が鳴り響くと、女学校の生徒から、私たちの級友が呼ばれることに、みんな気がつきはじめた。

電線をつくるには、鉄の棒に電線の外側をくぐらせて、ある温度にして一時間ほど蒸す状態にするのだ。一種の乾燥だが、その乾燥室が女学校のお姉さんたちの管轄になっており、自由に使えるようになっていた。

そこに、私たち弟のような年齢の生徒が、お姉さん方に連れられて入っていく。残念ながら私は、最後まで選ばれなかったが、どうもそれだけうぶだったようだ。というのも、私は二年生の中では、誕生日が一番遅く、早生まれで入学していたので、大人になっていない、と判断されたのだろう。

あの男は誰？

私がのちに女性週刊誌の編集長として〝女性の専門家〟になっていったのも、この事件がきっかけ、といえるかもしれない。今夜爆撃で死ぬかも？　というぎりぎりの瀬戸際になると、女性のほうが真剣に生命の種を残したいという気になるのだろうか？

十四歳の子どもから、思いがけぬ話が飛び出たことで、この男の私を見る目が違ったのかもしれない。この日からつづけて三日間、私はこの男から彼の部屋に呼ばれて、思いつく話をしたのだった。

そしてそのたびに疲れてくると、女性にふとんを敷かせ、その上に肘をつきながら、ごろんとなって、私の話を興味あり気に、聞いてくれるのだった。

私もまだ少年とはいっても、面白そうに聞いてくれる大人の男がいるとなると、どの話をしようかなと、持っている実話の中から、選んでいく。すると、忘れかけていた話が蘇ってくるのだった。

私たち男子の中学二年生は、性欲というものを持ってはいなかったと思う。現在の中学二年生とは、そこが大きく違うと思うのだが、食の方が優先しているのか、食欲を満足させなければ、性欲が出てこないのか？

何人かの友人と話し合ったところでは、生き延びることに必死で、考えているところは、いつ空襲になるか、どう死ぬか、どこで爆撃に出会うかなどが多く、それにおいしいものを腹一杯食べたいな、というところに落ち着いた。

あと一歳上だったら、性欲が出るのは当然だったのだろうが、このときの三歳年上のお姉さん方の行動には、恐怖しかなかった。

〝あいつは昨日やられたらしい〟
〝ぼくたちは、いつやられるのかな〟
〝逃げられないのかな〟

この時代は、級友全員が「ぼく」「自分」という言葉を使っていた。いや、配属将校によって、統一されていたのだ。級友同士で「おれ」「お前」という表現を使うことはなかった気がする。

それは行儀がよい、というより、軍による統制、統一というべきだろう。

のちに私は、千葉県九十九里浜に近い大網という小さな町に疎開し、成東中学という丘の上の学校に転校したが、ここでは毎日、兵隊たちと松根油《しょうこんゆ》掘りをさせられた。配属将校はいなかったが、二等兵たちと一緒だと、言葉が急に悪くなった。

これはのちの話になるが、どの県のどの学校に疎開したかで、都会の子どもたちの運命は、急変したといわれるが、私はどちらかというと、いいほうだったように思う。

それはさておき、中年男性と四日間も一緒にいると、何を話したらいいのか、整理されてくる。それも私が、中学四年の少年にしては、予想外な話を知っていたので、面白かったのかもしれない。

こんな話も、膝を乗り出すほどの反応を示してくれた。


戦争中の東京人は、自分の家を持っている人は少なかった。わが家は関東大震災で、自分の家を失ったあと、借家暮らしとなってしまった。それも父を早くに失ったため、九人家庭を兄弟で支えた、といっていいだろう。

母は五歳くらいから私を連れて「おかし屋さがしに行こう」と、誘った。私は何かお菓子をもらえるのだと、喜んで一緒についていったが、なかなかお菓子をもらえないので、母にねだると、いまここが「おかしや」よ、という。

私が真っ先に漢字と意味を知ったのは「貸家」だった。つづいて覚えたのが「菓子屋」であり、三番目は「質屋」だった。

五歳にしては悲しい記憶だったが、中年男性はひどく寂しそうな顔をして、聞いてくれたのだった。

貸家も二年毎に変わっていったが、そのうちに私は、引っ越しを待ち望むようになっていった。

「それはなぜだね?」

男は変化の理由を訊いた。

「畳の下に敷いてある新聞紙です。どの家も床下からの湿気を防ぐために、畳の下に新聞紙を敷いてありますが、あるとき『説教強盗』事件の載っている記事を見つけたのです。初めて知った大事件だったので、それ以後、引っ越しが楽しみになったのです」

説教強盗事件とは、大正から昭和にかけて起こったものだったが、犯人の妻木松吉《つまきまつきち》は、朝まで侵入した家に留まり、その家の主人に、「どうして侵入されたか?」とルートを教えてから、引き上げていくという、変わった男だった。

私はこの新聞を発見したときから、次の引っ越しを母にせがむようになり、母から不思議がられるようになった。

最後の移転まで、わが家は十回ほど転々としたことになる。当時、東京など、大都会の家庭で一回も移転しなかった、という家族は珍しいだろう。強制移転も当たり前だったからだ。

次に私が見つけたのは「阿《あ》部《べ》定《さだ》事件」〔昭和十一年（１９３６）に愛人を殺害し、切断した性器を持ちさった猟奇的事件〕の記事だった。

この頃から私には、週刊誌の編集者としての能力があったのかもしれない。中学二年生までの間に「男の一物を切って逃げた女」のニュース記事を見つけたのだから。

そしてこれはずっと後年のことになるが、私は阿部定本人に会うことになったのだ。「女性自身」編集長として、記事にさせてほしいと話し合ったのだが、思ったより静かで、上品な女性だった……。

このニュース記事を見つけたことを中年男性に話したときは、さすがに驚いたようで、夫人と思われる女性も呼んで、一緒に私の話に聞き入ったのだった。

私も四日間話すうちに、話がうまくなったのかもしれないが、彼は最後に思いがけないことを教えてくれたのだ。

「きみはまだ、社会にどんな仕事や会社があるか、知らないだろうが、出版社という会社があるのだ。もし会社に入るという時期が来て、どの仕事をしようかと迷ったら、出版社を選んではどうか？〝出版社〟と覚えておきなさい」

彼が私にアドバイスしてくれたのは、この一言だった。

その翌日、兄が私を迎えに来てくれたのだが、旅館の車に乗る寸前に、二階の窓のあたりを見上げると、二人揃って、じっと私を見つめていたのを、はっきりと記憶している。

なぜかそのとき、もうこの二人には会えない、最後の別れになるような気分に襲われた。

和服姿の幻影

　それまでの私は、小説とか詩、あるいは俳句といったものに、あまり興味がなかった、というのが本音のところだった。それより生活が苦しかったので、ともかく中学を少しでもいい成績で出ることで、上級学校に行きたかった。

　幸い、兄が教師という立場もあり、大学受験に好意的だった。ただし授業料の安い国立大学に入るのが条件だった。

　何しろ戦争の末期は兵隊さんと一緒に、毎日山に登り、防空壕を掘ったり、松の根を掘り出して、下の道路に運ぶ仕事をしていたのだ。当時、松根油は飛行機用のガソリンとして使われていた。

　食料は尽きかけていたので、疲労で勉強をするどころではなかった。それでも私たちの学年は、よく学んだほうだろう。そんな中で、私は名前を知らない、作家らしい男と四日間を過ごしたのだ。

四年の三学期に、さっそく私はこの経験を文芸部の友人たちに話してみた。

さすがに文芸部だけあって、それは芥川《あくたがわ》龍之介《りゅうのすけ》ではないか？　バカ！　芥川はとっくに死んでいるぞ。立野《たての》信之《のぶゆき》＊4、いや棟田《むねた》博《ひろし》＊5だろう。それより間違いなく太宰治だぞ！　と、何人もの戦時中に活躍した作家名を出してきたが、肝心の写真がないのだ。たまにあっても兵隊姿の写真であり、平時の和服姿の写真は、芥川くらいしかなかった。さすがに私でも、芥川龍之介の顔だけは知っていたが、ふと――、

〝待てよ、そういえば何となく、太宰治に似ていたような気がするぞ〟

なぜそう思ったかというと、芥川の和服姿と、旅館の男の和服姿が妙に一致したからだった。

もしかすると、そうかもしれない。とはいうものの、私は太宰治という作家の作品を、読んだこともない。

読んでみよう！　いや、少し文学作品に触れてみよう。

少年の決断は早かった。私は毎日のように、図書室に入り込んだ。すると、自分でも何か創作したくなったのだ。

そう思うと私は適当に新聞を選び、短い詩を送ってみた。ところがこれが思いがけない批評を、その新聞の選者の白鳥省吾《しらとりせいご》*6先生からいただいたのだ。見どころがあるから、がんばれ、というのだ！

私はこういうところが遠慮がないのかもしれないが、白鳥先生にお礼の手紙を送ったのだ。すると思いがけないことに「もっと書いてごらん」という励ましのお返事をいただいたのだった。

先生はのちに千葉県の文化功労者になったほどの方だったので、千葉県の一高校生の稚拙な詩に、返事をくれたのかもしれない。

兄が私の皮膚病治療のために、箱根の温泉を選んでくれたことで、私の前途は、急に明るくなった気がしたものだった。

それまではただ漠然と、国立大学に滑り込んで、将来は教師にでもなれればいいと、考えていたものが、突然「出版社に入って、文学の編集者になる」という、具体的な目標が、目の前に浮かび上がってきたのだ。

私がお目にかかった人物が、どういう方であったかに関係なく、私の体内で「文学という方向性」が動き出したのだった。

第二章

心中事件

写真の男

昭和二十三年六月十三日、作家の太宰治が玉川上水で山崎富栄《やまざきとみえ》と入水自殺した。高校三年の初夏だった。いまだったら大ニュースだったろうが、この当時は、ラジオ放送と薄っぺらいざら紙の田舎新聞の時代だったので、記事も小さく、顔そのものもよくわからなかった。

あの時の男と似ているといえば似ているし、そうでないといわれれば、そう思ってしまう。「あっ！　この男だ！」という確証がなかった。

特に女性がまったく違うタイプだったので、よけいに別人のような気がする。仮にこの男が本人だったら、あの女性は一体誰なのだろう？　たしかに奥様というには、

太宰治と山崎富栄が入水自殺した玉川上水（昭和23年　提供 朝日新聞社）

何となく雰囲気が違った。

それは高校生にもわかったのだが、かといってお妾さん、という感じはまったくしなかった。上品なのだ。男と女のどちらが上流かといえば、間違いなく女性だろう。

仮にこの写真の男があの日の男だとしたら、では、あの女性は誰なのだろう？

また一緒に入水した山崎富栄という女性は、何者なのか？　わずか一年半という短い間に、男と女は死を選べるほど親しくなれるのか、あるいは夫婦とも思える女性を捨てて、若い女性と一緒に、川に飛び込めるものなのか？

高校生の私には、まだ男女の機微がわからないのは当然だろう。

いや、その前にあの男性が太宰治である、という証拠はどこにもないのだ。

こんな思いを抱えて、私は数年後に、東京外国語大学のロシア語学科に入学した。

私たちの学年は旧制大学に入るか、新制大学の第一期生として入るか、どちらでも受験できたのだが、私は「文学を学びたい」という目が突然、開かれたように、新制大学のロシア語を選んだのだった。ここで「運命の連鎖」を知ることになったのだ。

当初は「英米学科を受験するように」との兄の求めで、将来は、高校の英語の教師になるのか、と漠然と思っていた。もちろん合格しなければならないが。

もし私が芦之湯温泉で、あの男に出会わなければ、多分、私の道はこれで決まっていたに違いない。ところが「自我」というべきか、ここは自分の意思で進路を決断すべきではないかという気持ちが、私の運命を大きく動かしたように思う。

英語とは異なるロシア語を学びたい、という気持ちが強まりつづけたのだ。原語で、原書でロシア文学を学びたい。さらには、まだよくわからないが、どこか出版社に入りたい。私としては、生まれて初めて、自分の決意を貫きたい、と思ったようだ。

私は母に相談してみた。母は関東大震災以後、夫を失って九人の子どもを養ってきた。

末っ子を大学に入れる収入などないのに、その母は「人の逆を行きなさい」と、思いがけないアドバイスをしてくれた。人の逆なら、英語ではなくロシア語ではないか！

母は大震災の折、十万人ともいわれる人々に押されて、両国の広い庭のある本所被服廠に逃げ込めなかった。そこで子どもたちを連れて、千葉方面に逃げ、小さな川に子どもたちを沈めて、火を逃れ、全員無事で東京に帰った、という自信を持っていた。

「母さんからお兄ちゃんたちに話すから、あなたは自分の道を行きなさい」

明治二十三年生まれの母は、当時の小学校が三年制だったので、それ以上の勉強はしていない。しかしなぜか、文字の達人だった。のちに姉に聞いたところによると、父親（私の祖父）が、村の役所の書記だったという。

それにしても、この母の教え「人の逆を行け」は、いまでも私の運命学の基礎になっている。

十八歳の私は、疎開先の千葉県の高校から、東京へと出てきた。四年間の疎開生活からようやく舞い戻った感じだった。

私は原語でロシア文学を学びながら「作家群」という同人雑誌に誘われた。誘ったのは原卓也《はらたくや》という同級生だった。彼は、私に「小説を書ける匂いを嗅いだ」というのだ。

この原は、のちに東京外国語大学の学長になるほどの秀才だった。それと同時にロシア文学の翻訳家になり、新潮社から続々と翻訳書を出していった。

それだけではない。原卓也の厳父、原久一郎《ひさいちろう》は日本に文豪・トルストイを紹介した翻訳家で、当時、講談社から「トルストイ全集」を出版中だった。

すでにここで具体的に〝講談社〟という大出版社の名前が出てきたのだ。

さらに卒業近くになると、仲間に加藤宏泰《かとうひろやす》という同級生が加わった。彼は講談社の顧問、加藤謙一《けんいち》の次男で、この時期に「漫画少年」の学生社長をやっていたのだ。

その出版社は学童社といって、のちに父親から引き継いだアパート「トキワ荘」に、手塚治虫《てづかおさむ》、藤子不二雄《ふじこふじお》（A）氏、藤子・F・不二雄、石ノ森章太郎《いしのもりしょうたろう》、赤塚不二夫《あかつかふじお》ら、若きマンガ家を入れたことで、一躍有名になった男だった。

恐らくこの「トキワ荘」の名前を知っている方は、相当多いのではあるまいか。手塚治虫を始めとして、昭和を代表するマンガ家がここで生活して、続々と傑作を発表していったからだ。

このトキワ荘は一度、古くなったことで壊されたが、現在は豊島区によって復活されている。その頃私は加藤に連れられて、何回か行っているが、当時としては木造家屋のアパートという感じで、ここがそれほど有名になるとは、その時はまったく思ってもいなかった。

しかし有名無名にかかわらず、私は次第に、あの温泉で出会った男が教えてくれた「出版社という会社があるのだ」の一言に、就職時期の大分前から近づいていくようになっていたのだ。

この時期、私は市川市の本八幡という町に住むようになっていた。数学教師の兄の家の居候である。この兄の書いた数学の教科書が苦手で、旧制早稲田高等学院を落ちた、苦い思い出がある。高校三年のときの数学教科書が、偶然にも兄の書いたものだったのだ。

兄は当時、両国高校から忍岡高等女学校の数学教師と、都立校の教師をしつつ、数学の参考書を書いていた。

これによって、兄の家に参考書の出版社の社員が、たまに訪れてくるようになっていた。そんな縁から語学の出版社を狙ってみたらどうか、という誘いを受けるようになっていた。さらに兄の同僚に、河出書房の社長、河出孝雄《かわでたかお》氏の弟がいるというので、河出書房を受けるように、と兄からすすめられた。

もうここまで来ると、私の進路は決まったも同然だった。語学を勉強した学生は、外務省、商社、新聞社、銀行、不動産、商船といった一流企業を狙いたいもので、特に外務省、商社、新聞社の三銘柄は人気があった。

ところが私にはなぜか、出版関係の就職先しか話が来ないのだ。悪くいえば、死んだあの男の執念といっていいかもしれない。よくいえば、小説部門のある出版社に入って、「俺のことを思い出してくれ」という、私への期待感というべきかもしれない。

私は兄が期待している、学術関係のむずかしそうな出版社に行く気はなかった。その代わり、河出書房ならぜひ入りたかった。

ここからは「文藝」という、文学少年、青年の憧れの小説雑誌が出版されていたからだ。編集長は坂本一亀《さかもとかずき》という、当時三十代になったばかりの青年だった。

この青年編集長が、戦後の文壇をリードした野間宏《のまひろし》*7『真空地帯』、三島由紀夫『仮面の告白』、高橋和巳《たかはしかずみ》*8『悲の器』、水上勉《みずかみつとむ》*9『霧と影』たちを生んだのだ。

私は偶然にも、戦後世代の第一期生であり、戦争中の小説や読物はすべて、書店の本棚から捨てられていた時期に、卒業期を迎えていた。

それに対して、どの出版社も、太平洋戦争をリードした編集幹部が退陣し、新しい思想、発想を持った、若くて優れた編集長の登場時代になっていたのだ。その中で河出書房は、最先端を走っていた文芸出版社だった。

恐らく小説家になろうとする若手、文芸編集者に進みたい学生は、坂本一亀編集長率いるところの「文藝」に憧れた、といっていいだろう。

この坂本一亀の長男が、のちの世界的な音楽家の坂本龍一《りゅういち》なのだ。

話は突然、最近に移る。

フリーの編集者になっていた私は、図書館関係の出版社の依頼で、全国図書館に置く雑誌に「出版界・名編集者列伝」を連載することになり、さらにこれが単行本として出版されることになったのだ。

改めて私は、その許可をいただくために、坂本一亀さんにお手紙を出したのだが、思いがけないことに、ご本人から返信をいただいたのだ。

ある一部の描写を変えていただけないか、という丁重なもので、それも坂本さんご本人が重い病いの床に臥しているので、夫人が口述を速記した、というのだ。

この手紙にも私は襟を正したが、その最後の部分に、息子の龍一をよろしく指導してほしい、と親でなければ書けないような一文が記されていた。

すでに世界中で名声を挙げている坂本龍一を、私ごときが面倒を見る理由もないが、その親心にむしろ驚かされたほどだった。

このお手紙をいただいたあと、間もなく出版界の天才編集長は亡くなったのだが、お別れパーティの晩、夫人は私に息子の龍一を紹介し、丁寧にご挨拶をいただいた。さすがに銀座で、帽子デザイナーとして活躍していた方の雰囲気があったのを記憶している。その龍一さんも突然、亡くなってしまった。

元に戻るが、河出書房に入りたいのなら、「いつでも話を通そう」と、河出先生は兄にいってくれたのだが、ありがたいことに、原卓也と加藤宏泰からも「講談社を受けろ」と、強く背中を押されたのだった。

「出版社という会社がある」と、あの男が教えてくれるまで、私は就職のことなど考えたこともなかったし、まして文学を自分の仕事にしていこう、などとは思ってもみなかった。

ところがそれ以後、わずか四、五年の間に私の環境は驚くほど変化してしまった。

ロシア語などという、むずかしい語学を学んだおかげで、当時の日本の若者たちが夢中になって読んだトルストイやドストエフスキーの翻訳小説、さらにはチェホフの「桜の園」「三人姉妹」「ワーニャ伯父さん」といった演劇などを、ちょっぴり原書で齧ることができるようになった。

それだけではない。当時の日本の文学青年たちが集まっていた同人雑誌に加わったことで、下手糞ながら自分で、小説を書くようになったのである。

さらにうれしいことにこの同人雑誌「作家群」に書いた短篇が、文芸誌「新潮」の「同人雑誌評」に、ちょっぴり紹介されたのだった。

この文芸誌「新潮」は、新潮社から出ている、日本一ともいうべき純文芸雑誌だった。正確にいうならば文藝春秋から出ている「文學界」、講談社の「群像」、それにこの「新潮」が、当時の三大文芸誌といわれており、芥川賞などは、この三誌のいずれかで認められた新人作家が受賞する、といわれていた。

いまでは文芸誌は売れなくなったので、このほか集英社の「すばる」なども、この中に入ってきたが、それは後のことになる。

このように、人生はたった一人に巡り合ったことで、大きく広がっていく。私の場合は当時、まだ無名に近かった森村誠一《もりむらせいいち》、松本清張《まつもとせいちょう》、五味康祐、藤原審爾《ふじわらしんじ》＊10、阿佐田哲也《あさだてつや》＊11といった作家たちの文名を挙げていく、お手伝いともいうべき立場になっただけでなく、やなせたかし、小島功《こじまこお》＊12というマンガ家を有名にしていく立場に立ったのだ。

正直なところ、編集者という立場が、これほど大きく社会に影響するとは思わなかった。のちに私は『戦後名編集者列伝』（編書房）という一冊を書いたが、これらの編集者がいたからこそ、日本の出版社はこれだけ発展したし、無名の作家たちを、世の中に押し出すことになったのだと思う。

いや作家だけではない。政治家もそうだし、芸能人、企業家の多くは、名編集者のおかげを被って有名になった、といっても過言ではない。

私はこれほど誇れる職業は二つとないと、現在でも思っているが、これを教えてくれたのが、もし太宰治であったとすれば、太宰の役割は本人の気づかないことかもしれないが、非常に大きかったと私は思う。

三島由紀夫と川端康成

のちに私は三島由紀夫と川端康成という、日本を代表する二人の大作家に可愛がられる立場になったのだが、その頃の私は、なぜこれらの作家たちに「遊びに来い！」と呼ばれるのか、あまりよくわかってはいなかった。

同じ呼ばれるにしても、松本清張さんの場合は最初に知り合った編集者であり、気が合った面も大きかった。さらには私がのちに「カッパ・ノベルス」を創刊した、光文社の社員であったことも大きい。

清張さんの作品の多くは、光文社から発表されたものであり、中でも「カッパ・ノベルス」は、清張先生の作品群によって、その存在感を示していたからだ。

これらの作品は、出版局の松本路子さんと、私と同期の伊賀弘三良《いがこうざぶろう》によって、その多くは創られていった。私が書かせた『波の塔』は、軽々と百万部を超えたほどだった。

清張さんにとっても幸運だったのは、私たち三人の気の合った編集者に巡り合ったことではなかったか。

しかし私が光文社に入社するまでには、まだまだ紆余曲折があった。というのも、光文社という出版社が存在することすら、私は知らなかったからだ。

それにしても私は、あの男性と会った日から、幸運の星に取り囲まれていたことは間違いない。

昭和二十八年（1953）早々、私は手始めに「東京タイムズ」という新聞社を受けてみた。仮に合格しても、部署によっては入社する気はなかった。なにしろ私の耳には、あの男の「出版社という会社」の一言が響いていたので、新聞社に入ることは考えていなかったのだ。

ではなぜ、その新聞社を受けたかというと、戦後最初の歌謡曲といわれた並木路子の「リンゴの唄」の作詞家、サトウハチロー[*13]という詩人の「見たり聞いたりためしたり」という連載読物が面白く、この連載の担当になれるものなら、という軽い気持ちで、テスト受験してみたのだった。

これが社長面接まで残ってしまい、いわば辞退する形で、講談社を受けることになってしまった。

ともかく、こうしてようやく講談社を受けることになったのだが、もちろんいまの講談社と、この当時では受験そのものも大きく違う。

第一、大卒が5％の時代だった。現在はほぼ、50％近いだろう。詳しいことはわからないが、受験人数もいまと異なり、少なかったかもしれない。

私の場合は顧問の加藤謙一さんと、翻訳家原久一郎先生の推せんがあったので、有利だったことは間違いない。このとき、役員会で私の自由作文が話題になったようだ。テーマは『従妹への愛』という、受験の際の作文としてはびっくりするような題名にしたので、大きな論争になったようだ。

それも役員会で「従兄弟と従姉妹では、本当に結婚できるのだろうか?」「これは単行本のテーマになる」「新人作家として書かせてみてもいいのでは?」と、とんでもない方向に、話が向かってしまったらしい。いかにも出版社らしい作文の読み方で、あとで私はこのことを聞かされて、テーマのつくり方のヒントになったことを記憶している。

こうして一旦は、七人の合格者に入ったのだが、卒業を二週間後に控えたある日、寝耳に水の手紙を、野間省一《のましょういち》社長から受け取ったのだ。「肋膜炎のため、入社がむずかしい。ついては○月×日に、社長室まで来るように」という内容の手紙だった。

さすがにこれには、私の兄も驚いて「身体検査でも、一旦合格していたのだから、事と次第によっては私が出よう」とまでいってくれたのだが、ともかく当日、私は社長室までドキドキしながら、伺ったのだった。

このとき初めて、出版界の重鎮でもある野間社長にお目にかかったのだが、すばらしい方で、私に率直に詫びると同時に、関連会社の光文社に入社してほしい、と頭を下げられた。

さらに「自分が光文社に一緒に行くから、心配ない」。

そういって、先にスタスタと歩き始めた。私はびっくりして後に従ったが、このとき初めて光文社という出版社が、講談社の二階にあることを知ったし、その頃話題になっていた手塚治虫の「鉄腕アトム」を出している会社であることを知ったのだった。

こうして私は講談社ではなく、光文社に入社したのだが、その後私は、講談社に一旦は入ったのか落ちたのか、わからないまま、今に至っている。というのも、時々野間社長から相談めいた電話があり、時には夜遅く、銀座の有名クラブからも「すぐ来い」と連絡があったからだ。

このあと光文社では、私をどの部署に入れるかで話し合いがあり「一度何か作文を書いてみよ」ということになって、私は当時、最先端の時代小説作家、田宮虎彦《たみやとらひこ》*14の「落城」という中篇について書いて提出した。

この作文が思いがけない運命をもたらしたのだ。

ロシア語の学生が時代小説に興味を持っている！　という驚きを役員に与えたらしく、即座に「面白倶楽部」という小説雑誌に配属が決まった。

この配属がなぜ「思いがけない運命」をもたらしたかというと、いまは知らないが、その頃の講談社に入社した新人は、半年間は基礎教育を受けてから、配属が決定するきまりになっていた。新人教育がきびしかったのだ。

その点、光文社の私の社員番号は71で、つまりは七十一人しか社員がいなかったことになる。新人教育は仕事をやりながら「覚えていけ」ということだった。

１９５２年下半期の芥川賞受賞者は、松本清張と五味康祐という新人作家だった。私は訳もわからないまま「この二人に当たりたい」と、最初の編集会議に提案した。

このとき、十人ほどの会議だったが、全員の爆笑で、ガラス窓が揺れたのを覚えている。当時の丸尾編集長はみんなを制して、

「櫻井君は初めてだからわからないかもしれないが、文学と小説では読者が違うので

す。

芥川賞は純文学で、直木賞は中間小説、大衆小説という分類があって、講談社の「キング」「講談倶楽部」、双葉社の「傑作倶楽部」、それにうちの「面白倶楽部」などは、直木賞作家でないと、なかなか書いてもらえないのだ。

たしかに五味康祐の『喪神』は剣豪小説のように見えるが、文体が直木賞作家とまったく違う。それに松本清張の『或る「小倉日記」伝』は、森鷗外*15の事跡を書いたものので、うちの読者では読み切れないだろう。

それでみんなが笑ったのだよ」

と詳しく説明してくれた。

私は赤面してしまったが、それでも丸尾編集長は「連絡したいのであれば、構わんよ」と、みんなを制して、私に手紙を出す許可を与えてくれた。

この丸尾編集長の許可が、その後の日本文壇を大きく動かす一石となったのだった。

このときは、そんなことになるとは誰も知らない。

私は二人の芥川賞作家に手紙を出し「一度、御相談に乗っていただきたい」と懇願した。ところが天が私に味方したのか、あの太宰治が、天から話を通してくれたのか、二人から〝承知した〟という返信が来たのだ。

これは編集部を震撼させたと見えて、その日から私を見る目が違ってきた。それでも「返事はくれたが、書く気はないさ」という声もあったが、現実に作品ができてくると、もうこの新人は「何か持っている」という空気に変わってきた。

さらに〝太宰治らしき作家との四日間〟の話を出すと、もう笑う先輩はいなくなり、むしろ積極的に「伊馬春部《いまはるべ》さんのところに行け。俺が連絡してやる」という声さえ、出てきたのだ。

伊馬春部とは、当時のラジオ放送作家（まだテレビは時間制の時代だった）であり、太宰治の親友だという。伊馬さんなら、太宰の状況もよく知っているから、もしかしたら知っているかもしれない、という。

こうして私は、伊馬先生のお宅に伺うことになった。

もし仮に私が出版社に入っていなければ、作家のお宅をそう簡単に訪ねることはできない。その点では、編集者の力というのは、むしろ恐ろしいくらい大きかった。

伊馬先生は快く私の話を聞いてくれただけでなく、さまざまな質問をしてくれた。たしかにその頃の太宰は、神奈川県におり、箱根に泊まったという記録はないが、あり得ない話ではないと、先生はおっしゃってくれた。

そして最後に、

「もうこの話は調べるのはやめなさい。一喜一憂してどうなる？　それより太宰は、君の心の中に生きているのだよ」

こうして先生は自宅の外まで、私を送ってくれたのだった。

この話にはつづきがある。つづきというより、不思議な因縁といっていいかもしれない。

のちに私と結婚した妻の兄が、なんと！　伊馬先生の弟子だったのだ。それだけではない。義兄の仲人を務めてくれて、結婚式の席上で再び、お目にかかることになったのだ！

さすがにこれには、伊馬先生も驚いたと見えて、「まさに太宰治がこの奇跡を演出したようだ」と話してくれたのだが。

禅林寺

不思議はまだつづいた。

私が五味康祐の練馬区の都営住宅に通いつづけて一年ほど経った昭和二十九年、保《や》田《す》與《だ》重《よ》郎《じゅうろう》[*16]先生が奈良からやってきたのだ。

保田與重郎といっても、現在この名を知っている人は、めったにいないだろう。戦争中の文学者で、日本浪曼派を主宰した。太宰治、檀一雄《だんかずお》[*17]、中原中也《なかはらちゅうや》[*18]、三島由紀夫、五味康祐という錚々《そうそう》たる詩人、作家たちが、保田先生の周りにいた弟子、あるいは文学仲間といっていいかもしれない。

川端康成は保田より十歳ほど年上になるが、保田も川端に似て、老成していたので、同世代に見えた。

それはともかく、五味さんから紹介を受けて、私は保田先生の鞄持ちになったのだが、このとき、太宰治も先生の弟子筋の一人であることを知ったのだ。

先生が奈良に帰ったあと、私は初めて箱根の芦之湯温泉の一件を、五味さんに話したのだが、このときの五味さんの驚きといったら、何と表現していいのだろう。

「すぐ行こう！　千鶴子！　着物を出してくれないか？」

五味さんは終生、和服で押し通した。この頃は芥川賞作家でありながら、新潮社の社外校閲の仕事をしつつ、売れない小説を書いていた時期で、自家用車を持っても洋服で運転したことは、一回もなかった。

「どこに行くのですか？」

「桜桃忌だよ。今日は六回目の太宰を偲ぶ会が、三鷹の禅林寺であるんだ。そんなことも知らないのか！」

「桜桃忌は一般人も行けるのですか？」

「これまでは、あまり入れてなかったが、最近は誰でも来られるのだよ」

「そうなのですか？」

「そこには写真が多分あると思う。それを見たら思い出せるのではないか？」

「そうですか！　ぜひ連れて行ってください」


私はこのとき、作家というのは、横のつながりがいろいろとあるのだ、と初めて思い知った。

そうと知っていれば、もっと早くに太宰のことを、五味さんに話すべきだった。そこがまだ小説担当になって、まだ一年かそこらの、駆け出し編集者だった。

それに正直に私の心の中を話すと、恥ずかしかったのだ。どこの誰かもしれない中年男を、太宰治ではないかと、勝手に決めつけている自分がどうかしている！

あの日、伊馬春部さんから、

「もうこの話は忘れなさい。調べてはいけない。太宰はもう君の中に棲んでいるんだ」

といわれていた。

伊馬さんは自分の記憶、あるいは記録から「その日は湯河原にいたはずだ！」と思っていたのかもしれない。それでも、この青年の思い出を壊したくなかったのだろう。それになぜかさまざまな人物が、この物語にはからまっている。いや、これから先、もっと大勢の方がからまってくるのだ。

それを優しい言葉で、たしなめてくれたのだろう。私はそう思うことにして、この話は自分の胸にしっかり収めておけばいい、と一度はもう、誰にも話さないと決めていたのだ。

ところが思いもかけなかった、太宰治の師匠筋に当たる保田與重郎先生の鞄持ちになってしまった。私は恥ずかしながら、保田與重郎という名前を、かすかに知っていたほどの、浅い文学知識しか持ち合わせていなかった。

鞄持ちと一口にいうが、その人の鞄を一回でも持たされただけで、歴史に名前が残る場合があることを知ったのだ。それこそ秀吉の若い頃は、主君信長の草履取り、いまの鞄持ちだったのだ。

のちに私は三島由紀夫と川端康成という、二人の大作家とつき合うことになるが、特にこの二人の大作家が私を大切にしてくれた理由は、私が保田與重郎先生の鞄を持って、何回も東京駅まで見送った、という経験の持ち主だったからなのだ。

これについては後述するが、ただこのとき初めて「鞄を持った重要性」を知ることになる。そして私のこれまでの経験では、それほどの人物は一人もいなかった。いや、三島由紀夫と川端康成の二人であるならば、それ以上の価値があったろうが、残念ながらその機会に巡り合うことはなかった。

三鷹の三奇人

五味さんという人間は、この一年間で私が知った知識より、はるかに幅が広かったようだ。五歳頃から日本にまだ輸入されたばかりのレコードを買ってもらい、しっかりとした耳を鍛えていた。そう、大阪の大金持ちの家の生まれだった。

あとで知ったのだが「三鷹の三奇人」と呼ばれていたらしい。二十代で奇人と呼ばれていたのだから、それなりの有名人だったのだろう。

ではあとの二人は誰かというと、元横綱の男女ノ川《みながわ》と作家の太宰治だった。この言葉はいまのスマホに出ているくらいだから、本当に奇人だったのだろう。では男女ノ川がどれだけ奇人だったかといえば、横綱を引退してから私立探偵、土建業、金融業、保険外交員、料亭下足番などをしていたというから、あとの二人の奇人ぶりも推して知るべし、ではなかろうか？

　ここで五味さんは太宰治と知り合っていたし、むしろ奇人同士の親近感を、お互い抱いていたのではないかとさえ、私は思っている。

　この時期の太宰治の奇人ぶりを、しっかりと観察していた新聞記者がいた。永井萠《ながいほう》二《じ》。朝日新聞出版局で「週刊朝日」の記者を務めていた。彼は自分の目で見た太宰の当時の生活を生々しく書いている。

「これが流行作家の家かとおどろくほど、雨もりのするような陋屋《ろうおく》で――」

「昭和二十三年六月十五日――。太宰治情死という衝撃的な事件が演ぜられる舞台の左手には井の頭公園の森、正面に連日の雨で水かさをました玉川上水が音をたて、その向うに下連雀という静かな町がひろがる。

　じっさい太宰治は、芝居の書き割りをみるような小さな町で生活し演技していた。せまい地域に、太宰が美知子夫人と三児とくらしていた家。彼が仕事部屋としていた「千草」という小料理屋。そしてもう一人の主役、太宰の愛人の山崎富栄が借りていた家があった。当時の新聞の表現を借りれば、その点と線をたどりながら太宰は小説を書き、酒を飲み、女とあそび、そして失踪、入水という最終劇をつくりあげたのである」

　これだけ読んだだけでも、その奇行というか、奇人ぶりがわかるだろう。家族のいるすぐ近くに愛人がいた、ということなのだ。

山崎富栄の部屋には戒名も（撮影日不明
©共同通信社／アマナイメージズ）

　また五味康祐は売れない小説を書くかたわら、生活費を稼ぐために、この街で賭けマージャンを打っていたのだ。それも神戸でやくざと打ちつづけ、勝ったのか負けたのか定かではないが、その土地にいられなくなり、東京の三鷹にやってきたのだ。

私は彼の天才的な麻雀の打ち方を、何度もこの目で見ているが、たしかにこの腕なら、食って行けると、思ったほどだった。のちに彼は『五味マージャン教室』という1冊を、私のいた光文社から出したのだが、数百万部を超えるベストセラーとなったことでも、その天才ぶりがわかるだろう。

もう一人の天才、阿佐田哲也は私と同期の編集者だったが『麻雀放浪記』で、これも大ベストセラーを出したが、五味さんには兄事していたほどだった。

いわば三鷹という町は、男女ノ川を加えた、これら三人の怪しげな男たちで、話題になっていた、といっていいだろう。

「この人です、この人ですよ」

禅林寺に五味さんと共に到着したのは夕方、午後五時頃だったろうか。まだ明るかった。大玄関を入ると、左手に衝立が置かれており、そこに何と！　あの男の顔写真が貼られていた。

「あっ！」

五味さんは「やっぱりそうか！」と、脇でうなずいていた。

「この人です、この人ですよ、私が話していたのは！」

私は初めて、しっかり写ったあの男の写真を見たのだった。

現在ならマスコミに入って、今では七十年を越すが、写真にせよ、その人の略歴にせよ、私は調べようと思えば、どんなことでも調べられる立場に立つ。ところが一般人はそうはいかない。調べ方そのものを知らない。

私もそのときのつい一年ほど前までは、素人の学生だったので、調べ方を知らなかったのだ。

私の記憶の中では、生きているあの人の顔から身ぶり、声、話し方まで、はっきりと残っているのだが「この人だ！」といえる写真にぶつからなかった。それが突然のように、目の前に出現している！

座敷には三、四十人集まっていただろうか。わびしい電灯がところどころに点いている。まだ戦後だった。

この年の三月には、第五福竜丸被災事件といって、マーシャル諸島のビキニ環礁で、アメリカが水爆実験を行ない、死の灰を浴びてしまったのだ。

なんとなく暗いイメージで、五味さんは電灯の笠に頭をぶつけてしまった。それだけ背が高かったということだが、それを見た一人の男が不意に、プーッと吹き出した。どこかで見たことのある顔だと思っていたら、五味さんは、

「安岡《やすおか》の奴、礼儀を知らないな」

と、一言洩らした。

五味さんより一期遅れて芥川賞を受賞した、安岡章太郎《しょうたろう》＊19だった。年齢も似たようなもので、受賞仲間というべきだろう。いわばこの席は、若い作家たちの懇親会とい

った雰囲気だった。

また一般人にとっては、それぞれの華やかさをまとった受賞作家たちを、自分の目で見られるし、話も聞ける。あわよくば、仲間に入れてもらえるのだ。

この時期と現在では、作家の成り立ち、あり方がまったく違うようだ。どちらがいい悪いではなく、個人の家に電話もなかったこの時期と、スマホのラインやメッセンジャーで、四六時中、誰とでもつながる今日では、人間関係が根本から違ってくる。

今日の席は、太宰治の死を悼む会だけに、「そんなことで笑うなよ」というのが、五味さんの思いだったのだろう。実際、このあと二人のつき合いは急速に減ってしまった。

それはともかく、私はこの夜、ようやく自分の記憶に自信を持つことになった。

松本清張と文学講演

昭和三十四（1959）年。私は光文社で創刊した週刊誌「女性自身」のデスクに異動した。小説担当者がいないというので、私にお鉢が回ってきた感じだった。私にとっては大きなチャンスでもあった。書かせたい作家は大勢いる。

翌年から私は脂の乗りつつあった松本清張[*20]と一緒に組んで、恋愛小説『波の塔』に取り組んだ。

何月であったか、清張さんが北海道巡業ではないが、高見順《たかみじゅん》[*20]先生と一週間ほど、文学講演に出たことがあった。

このとき、旅先の旅館で書くから、一緒に行かないかと、清張さんから誘いがあったのだ。一週間は無理だが、三日ほどなら行けるので、連載の原稿は旭川でいただき、

書庫で資料を読む松本清張（提供　朝日新聞社）

その翌日、私は一足先に飛行機で戻ってくるということで、約束ができたのだった。

その日——旭川では私のほうで夜の遊び場は用意しておく、という話もまとまった。遊び場といっても、清張さんは飲めないので、食事に出て、街を散歩するくらいのものだったが。しかし作家にとって、街を知ることは、非常に重要なことなのだ。

私はそれまで、一人でゆっくり旅館の温泉に浸かり、夜になったら街に出る算段でいた。

午後の二時頃だったろうか。考えてみれば、この時間は、私があの男から、芦之湯温泉で声をかけられた時間だった。それまではまったくそんなことを考えなかったが、狭い温泉に浸かったとき、不意にそれを思い出した。

あの日から十数年経っているんだ！

私にとっては幸せの十数年、といっていいだろう。わずか四日間の中の数時間の体験だったが、異常体験といえるのかもしれない。さらにこれが単に私の夢想だったら、夢が現実になることも、あり得るのかもしれない。

突然！　ガラス戸が開いた。

一人の男がゆっくりと、私の入っている湯に近づいてくる！　私の胸は早鐘を打つように音を立てた。湯気の中から浮かび上がったのは、中年というか、痩せて老境に一歩、踏み入った男性だった。

大作家の高見順先生だ！

先生は私に目礼を送りながら、同じ湯に浸かった。そしてゆっくりと、

「どちらの社の方ですか？」

と、訊いてきた。

「光文社です」

「ほう、どなたかとご一緒ですか？」

「松本先生と」

「松本君はこんな遠くまで、編集者に原稿を取りに来させるのですか？」

針のように刺さる言葉だった。

「いえ、私が勝手に付いてきたのです」

「そうですか」

高見先生は沈黙した。私は話題を変えた。

「私の親戚に先生の担当者がいるのですが」

「えっ？　それは誰ですか？」

「新潮社の〇〇〇〇です」

「えっ？　彼があなたの親戚ですか？」

「はい、遠い親戚ですが一度、先生に紹介してやろうといわれていました」

「そうでしたか」

急に雰囲気が和らいだ。

実は私の胸の中には〝もし私の一生の間に、高見順先生と温泉で一緒になるようなことがあれば、あの日の男は、太宰治に絶対間違いはない〟という自信めいたものがあったのだ。

なぜそんなことで、バカみたいな自信が出てくるのか、と思うだろう。

それは太宰治と高見順は、第一回芥川賞の候補に挙がっていて、二人とも最有力候補だったのだ。太宰治の候補作品は『逆行』という四百字詰二十三枚の短篇であり、高見順は長篇『故旧忘れ得べき』だった。

この芥川賞制定時には、予選候補作の選定もあり、ここでも太宰は『道化の華』という百四枚の短篇で、有力視されていた。

ところが昭和十年という、戦争を予感させる時代背景もあって、予想外の石川達《いしかわたつ》三《ぞう》[21]『蒼氓《そうぼう》』という、ブラジル移民の苦闘物語が賞をさらってしまったのだ。

いわば都会派の太宰、高見に対して、重厚な田園派といっていいかもしれない。それだけに太宰と高見の二人には、似たところがあると、勝手に私は思っていた。温泉で太宰に会ったのなら、当然、高見順にも温泉で会うべきだ、いや会わなければならないと、信じ切っていたのだ。

仮に同じように、温泉で高見順に出会ったならば、同じく温泉で出会ったあの男は、間違いなく太宰治だ、と私はここ数年、心の中で勝手に決めていた。

その日が本当にやって来たのだ！　私は心の中で、

「高見先生、ありがとうございます」

と、手を合わせていた。

もしこのとき、私の思いを先生に打ち明けていたら、どんな顔をして、どんな感想を私にくれただろうか？

文芸編集者

私はこのあとも小説担当編集者として、多くの作家とつき合ってきた。ただ私の小説を読む目、作家を見る目からすると、恐らく誰もがそう思っているだろうが、最近は特に、作品の質が次第に落ちてきているような気がする。

　これは私の弟分の編集者で、講談社の「少年マガジン」の第三代編集長を務めた内《うち》田勝《だまさる》君の話だが、彼は私に、

「櫻井さん、これからは、小説はマンガに食われていくよ。ストーリーテラーはどんどん、マンガとテレビドラマの原作者になっていくから、見ていてくださいよ」

　彼は前述した講談社の天才編集者で、顧問を務めていた加藤謙一さんの秘蔵っ子でもあり、『巨人の星』『ゲゲゲの鬼太郎』『仮面ライダー』『あしたのジョー』など、名作を生み出した男だ。

　私は加藤顧問から頼まれて「弟だと思って可愛がってやってくれ」という仲だったので、彼のいうところが痛いほどわかった。

　すでに男性作家の数が少なくなり、ベストセラー作家というと、時代・歴史小説の男性作家が多くなってきた。いまでは、現代小説で海外にも名が通っている作家は、村上春樹《むらかみはるき》ただ一人ではあるまいか？

それはともかく、私は初めて、太宰治のはっきりした肖像を見たのだった。何となく憂うつそうで、それでいて無言ではない。話が途切れれば、少年からいろいろ話が出しやすいように、話題を振ってくれる——そんな優しさがあった気がするのだ。

写真には、そんな雰囲気が漂っていたように記憶している。

不思議なものだ。太宰と一緒に亡くなった山崎富栄といっても、一般人からすれば、路傍の女性といっていい。単なる一女性に過ぎないし、接点などあるはずもない。

太宰の自殺は、私の高校二年のときだったのだ。それが十数年もたったある日「山崎晴弘」という名刺を持った老紳士と向かい合ったのだ。肩書は「お茶の水美容学校校長」とある。

私はその頃「女性自身」のデスクという立場の編集者だった。部下が美容記事を書いていただくことになった、というので、あちらから挨拶に来てくれたのだ。

話を進めるうちに、なんと！　太宰治と一緒に玉川上水に沈んだ山崎富栄の父親だ、というではないか。

こういう形で太宰の話が出てくるとは思わなかったので、この話は、のちの「女性自身」の記事で使われることになったが、不思議はどこまでもつづいていくことになる。

私が文壇、あるいは出版界で、有利というか、目をつけられていったのは、この太宰治の一件と、松本清張とのつき合いに絞られるかもしれない。さらにもう一件加えるならば、現上皇、上皇后との珍しいつき合いだろうか。

のちに私は三島由紀夫、川端康成という二人の作家のノーベル賞争いを、すぐ近くから見る編集者になるのだが、この日本を代表する二人の大作家に可愛がられた、たった一人の編集者かもしれない。

また現在、こうやってお二人の原稿を書ける現役の編集者は、多分私一人だろう。生きた顔、元気だった頃の言葉や姿を交わした男も、私一人しか残っていないだろう。

三島由紀夫と川端康成（撮影日不明 ©共同通信社／アマナイメージズ）

まして歴史の彼方に消えようとしている太宰治の「姿と言葉」を知っているのは、世界中で、たった一人かもしれない。

それには、それなりの理由があったのだ。ではどういう理由かというと、どの出版社も、ノーベル賞級の作家となると、若い編集者ではなく、社長か編集局長クラスの大物が伺うことになっていたからだ。

仮に編集長クラスでも、私のような若さではなく、大物編集長クラスだった。

私は「司馬遼太郎《しばりょうたろう》」*23先生と、よく知っていながら、先生の名刺を戴いていない。これはどういうことかというと、まだ司馬さんがペンネームを持たない前からの知り合いだ、ということだ。

司馬遼太郎といえば、まず知らない人はいないだろう。それは単に彼の小説の読者だけでなく、テレビドラマなどのファンも大勢いるからだ。

ところが司馬遼太郎というペンネームは、産経新聞の記者時代に、講談社の「講談倶楽部賞」に短篇小説『ペルシャの幻術師』で応募したときのペンネームで、本名は「福田定一《ふくだていいち》」だった。

私は「福田定一」当時からの知り合いで、ときどき大阪から上京するたびに、福田さんは編集長と食事に出てしまう。「一緒に食事に連れて行ってくれないかな」と思うのだが、次の作品の話があるのか、いつも二人で話し込んでいた。

この福田さんはこの頃、三十歳になったばかりで、私より八歳しか年上でない。亡くなったのは七十二歳なのだ。わずか四十年の作家生活で、あれだけの巨篇を書き残したのだから、戦後の第一期生は、常に死を覚悟して、超スピードで書いていたのではなかろうか？

なぜ司馬遼太郎の話を持ち込んだかというと、松本清張と思わぬつながりがあったからなのだ。

現在の古本屋状況はわからないが、この当時、つまり戦後の十年ほどは、貴重な古本や全集を売る人たちが、非常に多かった。戦前からの貴族や豪族が滅びて行くうちに、貴重な財産として、刀剣類や書籍、全集類が散逸していったのだ。

それを受け入れたのが、大学、図書館や研究者と歴史小説の作家たちだった。

司馬遼太郎は神田の古本屋に入ってくると、ざっと一巡して「一番上段の棚を、右から左へ全部」という買い方をするのだ。

松本清張のところには、古本市に出る本の一覧や貴重本の書名が届くのだが、それを頼むと「売れてしまいました」という返事がよく来ていたし、古本書店の番頭が頭を下げていたものだった。

この時期、私は多くの歴史作家のところに出入りしていたが、書斎に秘蔵している貴重な本を、惜しみなく見せてくれる作家と、応接間で話を聞いて、書斎や書庫を一切、見せない作家の二種類がいたように思う。

戦前からの作家は日本式の書斎で話し込むスタイルが多いので、書棚の書籍がその日の話題になることが多いし、テーマもそこから決まることも普通だった。

清張さんは他の編集者とは、応接間で話し込むのだが、私だけは書斎や書庫に入っていくので、次に何を書きたいのか、そんなことまでわかっていたことを思い出す。

その点、太宰の場合は書く場所が一定ではない。彼が憧れた第一回の「芥川龍之介賞」の芥川は東京帝国大学の出身だけに、作品の多くは、歴史的に正確だ。これは一定の場所で書いた、と見ることができる。つまり資料のある書斎で書いていたのだ。

このように、どこで書くか、書いたかで、作品の質を判断することもできるのだ。

その代わり小説を書いているはずなのが、いつの間にかフィクションではなく、歴史をなぞっているような作家もいる。

それでは多くの人に読まれないし、作品としてつまらない。つまり二流作家となる。私が二十二歳という若さで、一流作家とつき合えたのは、幸運以外の何物でもない。長くつづいた戦争が終わり、戦時中の作家、評論家が引退しはじめ、新しい戦後第一期の新人群と、交代していったからだった。

たまたま私は太宰治と覚しき作家と出会い、「出版社に入るという道もある」と教えられたことにより、ロシア文学を学んで、小説の面白さを知ったのだ。卒論は「プーシキン」という詩人作家だったが、トルストイ、チェホフという、戦後日本で大ブームを起こした作家も読みつづけたことで、講談社に入る道が開けたことも幸運だった。

それと同時に、当然のことながら、太宰治の作品を読みつづけたことにより、まだ大卒の初年兵でありながら、小説の面白さを知ったことになる。

それこそ「神様、仏様、太宰様」という心境だった。

ただし、太宰の作品を面白い、と感じる新米編集者自身、やや偏った文学青年ということができるだろう。なぜなら彼の作風は、自殺を標的にしているようなものだったからだ。

この当時、太宰ファンの青年は、あまりいい感じを持たれていなかった。まず社会に甘ったれている。働く気もない。頽廃《たいはい》的な雰囲気を身にまとっている。それに女性を泣かせている――そんな共通の認識を持たれていたように思う。

しかし、太宰ファンの多くは、太宰治の持っている希有《けう》の純粋性に惹かれていたのだ。ここに「一つの約束」というエッセイの抜粋がある。いわば太宰の宝石のような心根を表した小作だ。その一部を抜粋してみようか。

『難破して、わが身は怒濤に巻き込まれ、海岸にたたきつけられ、必死にしがみついた所は、灯台の窓縁である。やれ、嬉しや、たすけを求めて叫ぼうとして、窓の内を見ると、今しも灯台守の夫婦とその幼き女児とが、つつましくも仕合せな夕食の最中である。ああ、いけねえ、と思った。おれの凄惨な一声で、この団欒が滅茶々になるのだ、と思ったら喉まで出かかった「助けて！」の声がほんの一瞬戸惑った。ほんの一瞬である。たちまち、ざぶりと大波が押し寄せ、その内気な遭難者のからだを一呑みにして、沖遠く拉し去った。

もはや、たすかる道理は無い。

この遭難者の美しい行為を、一体、誰が見ていたのだろう。誰も見てやしない。灯台守は何も知らずに一家団欒の食事を続けていたに違いないし、遭難者は怒濤にもまれて（或いは吹雪の夜であったかも知れぬ）ひとりで死んでいったのだ。月も星も、それを見ていなかった。しかも、その美しい行為は厳然たる事実として、語られている（中略）ここに作者の幻想の不思議が存在する。事実は、小説よりも奇なり、と言う。しかし、誰も見ていない事実だって世の中には、あるのだ。そうして、そのような事実にこそ、高貴な宝石が光っている場合が多いのだ。それをこそ書きたいというのが、作者の生甲斐になっている』

いわば太宰治の属していた日本浪曼派という文学集団は、一人ひとりがこの遭難者のようなもの、といえるのではなかろうか？

私がつき合った日本浪曼派の五味康祐、檀一雄、今官一《こんかんいち》、さらには、偶然のことから鞄を持つことになった、リーダーの保田與重郎先生は、浪曼派の同人からすれば、神様のような存在といえるだろう。

私は呑気にも、この保田先生をそれほどの方とは露知らず、五味さんの丁重な扱いを見ていて、相当偉い方なんだ、と思ったに過ぎない。

いまでは、この日本浪曼派についての研究も進み、スマホで調べても相当詳しく出ているが、この頃は戦争を鼓吹した犯人、のような扱いだったし、日本浪曼派の研究者は、ほとんど紙上に出ていなかった。

たとえばいま調べると、保田與重郎に関する研究書や全集類の出版は、１９７０年代以降が圧倒的に多い。つまり、この年代（昭和四十年）になって、保田は復権したことになったことがわかる。

1985～1989年にかけて、講談社から全四十巻にのぼる『保田與重郎全集』が出ているが、仮に私が講談社に入社していたら、いや光文社に在籍していても、多分この全集にかかわったと思う。なぜなら戦後の一時期に、生きた保田先生の鞄持ちをした編集者は、私しかいなかったからだ。

五味康祐がなぜ、太宰治のことをあれほど気にかけたのかというと、二つの接点があったからだったと思う。その一点は無名でありながら、三鷹の三奇人の一人であったこと、三奇人のうちの二人が、太宰と五味であったことを知れば、五味さんにとって、私の話は驚きだったろう。

もう一点は、二人とも保田先生が期待していた高弟だった。五味さんは特に易占に詳しいので、私の出現に、異常な興奮を覚えたのではなかったか？　彼は私が何回も〝太宰治らしい〟といっていたにもかかわらず、

「太宰に間違いない！」

と断言していたほどだった。

他の男が断言するのと違って、和服姿にひげを生やした彼の風貌から、予言めいた言葉が発せられると、思わずこちらも頷いてしまう。

ただ、のちのち私としては悔いを残してしまったのだが、保田先生にだけは「太宰らしき人物との数日間」を話すことはできなかった。そんなことを話してはいけない人物だと、緊張してしまったのだ。

しかし実際には、五味さんが話していたように思うのだ。そうでなければ、あれだけ私のような者に、優しくいつもニコニコ笑って、接してはくれないと思ったからだ。

いずれにせよ、あの四日間の思い出がなければ、昭和を飾った天才評論家の鞄持ちになって、何回も、石神井公園から東京駅まで送り迎えすることはなかった、と思われる。

その意味で、出版社に入ってまず最初に、芥川賞作家、五味康祐と知り合ったのは幸運だった。その意味で講談社ではなく、子会社の光文社に、野間社長が直々に回してくれたのは、私にとっても講談社にとっても、意味があったことになる。

私小説時代の虜《とりこ》

敗戦後の文学は、大きく変わっていった。というよりも、戦争中は小説どころではなかった。陸軍と海軍は報道班員として、作家を第一線でルポさせようとして、徴《ちょう》用《よう》したのだ。

これにより火野葦平《ひのあしへい》*24の『麦と兵隊』『土と兵隊』というベストセラーが出たのだが、これらはいま読んでも、十分読める。

川端康成も昭和二十年（1945）四月、四十五歳で、海軍報道班員として、九州の鹿屋航空基地に派遣された。多くの海軍特攻機を見送った川端は、相当な衝撃を受けたのだろう。

敗戦直後に「私はもう死んだ者として、あわれな日本の美しさのほかのことは、これから一行も書こうとは思わない」と、書いている。一種の遺書に近い文章だ。

この言葉を読めば、戦後の作品のあり方がわかるだろう。

私は丁度、日本の敗戦直後から小説を読み出したこともあって、現代小説では私小説中心の作家と親しくなっていった。当時の作家は、日本という国が滅び、社会小説を書ける状態ではなかった。いわば作家も読者も全員が自信を失って、私小説が中心になっていったのだ。

志賀直哉《しがなおや》、谷崎潤一郎《たにざきじゅんいちろう》、田山花袋《たやまかたい》、夏目漱石《なつめそうせき》、佐藤春夫《さとうはるお》、幸田文《こうだあや》、檀一雄、林芙美子《はやしふみこ》、田中英光《たなかひでみつ》、太宰治といった錚々たる作家の作品を読んだ人たちは、相当多いのではあるまいか？

そんな中で、芥川龍之介は歴史に材を取った短篇を書きつづけたことで、特異な存在だった。芥川が他の作家と違って、多くの人に読まれつづけたのは、短篇が多かった、ということもあるが、昭和の初期に、戦争の影がまったくなかった時代の作品が多いことも有利だったかもしれない。

これは私だけの作家の分類になるが、第二次大戦が終わってから出てきた作家たちも含めて、広く私小説作家群ともいうべき潮流がある。

三島由紀夫、吉行淳之介《よしゆきじゅんのすけ》、色川武大《いろかわたけひろ》から始まって『苦役列車』の西村賢太《にしむらけんた》、『ベッドタイムアイズ』の山田詠美《やまだえいみ》、『赤目四十八瀧心中未遂』の車谷長吉《くるまたにちょうきち》、『火花』の又吉直樹《またよしなおき》など、錚々たるベストセラー作家が、ここにはいるのだが、これらの作家たちは、戦後の経済発展の中で、自分なりの生き方の美学を生きる人々だった。

その中でただ一人、「わが道を行く」という生き方で大江健三郎《おおえけんざぶろう》が出てきたし、村上春樹がそのあとを継いでいる。この二人はストーリーテラーともいえるし、川端康成と違って、純日本人とはいいがたい。一種の世界人といっていいかもしれない。

私はこれらの私小説作家の作品を、貪るように読みつづけた。このとき、ロシア語を学び、トルストイからドストエフスキー、ツルゲーネフ、チェホフといったロシア文学の大作家たちの原書、翻訳書を読んだことで、バランスが取れたし、日本文学の線の細さ、小ささと、ロシア人の骨太の世界観の違いを知ったことも、大きかった。

あるとき、ソビエト連邦を旅したとき、道路と畠の境界に、キャベツを植えている道路に出くわしたことがあった。見渡すかぎり、一本道がつづいているのだが、その左右にキャベツが成熟しているのだ。

多分、日本でこんな道路はないだろう。運転をミスしても、キャベツを潰すくらいのものだし、仮にキャベツ泥棒をされたとしても、その大らかな性格では、まったく意に介さないだろう。

これでは文学作品に、大きな違いが出ても当然だし、こういう風景を見ないと、日本にいて、ロシア文学を批評できないな、と思ったことを覚えている。

しかし私としては、日本の私小説作家のほうが好きだし、他の諸国で評価されなくても、まず多くの日本人に読まれる作品を書ける作家に注目したかった。それもなるべく新しい作家に書いていただきたかった。

雑誌編集者、中でも小説の編集者は、意外に器用で、私の先輩たちは、大物作家だけでなく、新しい作家にも注目して、短篇を書かせていた。

これは現在にもつづいていて、古くからの小説雑誌よりも、どちらかというと、新しい集英社の「すばる」「小説すばる」や、幻冬舎の「小説幻冬」のほうが、無名の新人作家を多く起用している。

現代小説を〝街の物語〟と仮定するならば、お年寄りの作家では、街そのものの描写が古過ぎるのだ。

場所を新宿、渋谷に設定しても、現在のもっとも新しいゴールデン街や、最新の渋谷の街を歩けないだろう。まして女性が遊ぶ男女逆転のバーも少なくない。

それらが描写できなければ、まったく小説の意味をなさないし、古臭いものになってしまう。

仮にいま現在の新宿、渋谷、あるいは銀座などの最先端の遊び方を知っていれば、それを江戸時代の物語に変化させることもできよう。私はそんな新しくて面白い作家の出現を待っているのだが、まだ出てこない。

それはともかく、私の若い時代は、戦争物語が少なくなって、平和と経済繁栄をバックにした小説が伸び始めていた。そんな中で檀一雄は、昭和二十五年（1950）に直木賞を取った実力派だった。

その檀さんを五味さんからすすめられた頃、彼は女性問題を抱えていたのだ。ふつうの人間だったら、妻子があって、女性問題を抱えていたら、それを隠そうとするだろう。

ところが檀さんはその正反対で、その二重生活を『リツ子・その愛』『リツ子・その死』という作品にしただけでなく、今度は別の女性とつき合って『火宅の人』という長篇小説を書き始めていたのだ。

私がこの檀さんと親しくなっていったのも、日本浪曼派のおかげだった。五味さんはもちろんそれもあって、檀さんを私に紹介したのだが、練馬区石神井という街に、二人が住んでいたことも大きい。

私は初めて五味さんに連れられて、檀さんの家を訪れたのだが、門の中は、家が二棟もあるほどの広さだった。昭和三十年（１９５５）頃だったと思う。まだ檀ふみ（俳優）さんが生まれたばかりで、私の膝の上に、這い上がってきた思い出がある。

檀さんとはこのあと、親しい作家として、いろいろお世話になるのだが、これも太宰治のおかげ、といっていいだろう。

檀さんは太宰治より三歳年下で、本当だったら東大で一緒だったろう。檀さんは経済学部で、太宰は仏文科だった。ところが太宰は途中で退学してしまったのだ。二人は恐らく赤門の内部で、会ったことはなかったのではないだろうか？

とはいえ、檀さんも太宰と同じように、無頼派である。それに早熟型の天才肌だったので、日本浪曼派の中では、仲がよかったと思われる。それも二人共、女性の問題で悩んでいたのだ。

五味さんが私を檀さんの家に連れて行ったのも、檀さんが太宰に酷似していることを、よく知っていたからで、まさにその通り、私は檀さんにどっぷり浸かってしまうことになる。

日参が始まった。

火宅の人、檀一雄

私が担当の作家には、一人でおとなしく書くタイプは、少なかった。編集者がつきっきりでないと、書けないタイプもいるし、毎日通わないと、逃げて行ってしまう型もいた。

檀さんは自宅の書斎で書くタイプではなく、「かんづめ」といって、ホテルか旅館の一室でないと、書けない作家に属していた。それも多くの作家のように、一人で静かに書くのではなく、部屋に女性を入れて、おしゃべりしながら書いて行くのだ。

これについては強い思い出がある。ある時期、檀さんは名作『火宅の人』の執筆に没頭していた。できたばかりのお茶ノ水の「山の上ホテル」（1954年開業の「文化人のホテル」として有名（現在休業中））に一ヵ月ほど逗留して、書きつづけていたのだが、その同時期に私は、こちらの雑誌にも書いてくれるよう頼んでいた。

ところがその一ヵ月、檀さんは九州から『火宅の人』の女主人公を呼んで、一種の同棲生活を始めていたのだ。彼女は女優だった。私が檀さんの部屋に入っていくと、いつも後ろ姿しか見せなかった。さすがに恥ずかしかったのだ。

檀さんもさすがに困って、

「櫻井君、下で天ぷらを食べていてくれ。その間に書くから」

と、私を天ぷら屋に追いやるのだ。

私は毎回、その後有名になるこのホテルの天ぷらを、週一、二回いただくことになったのだった。のちに、この天ぷら店で修業した近藤文夫《こんどうふみお》さんは、ミシュラン二つ星に輝く「てんぷら近藤」を創業したが、この頃はまだ少年だったはずだ。

私はこのとき、ホテル内の「てんぷらと和食 山の上」で、何時間も待っていたた

め、店長も困って、

「櫻井さん、原稿ができ上がるまで、天ぷらの揚げ方教えようか？」

と、一対一で秘伝ともいうべき、数々の揚げ方を教えてくれたのだった。いまでも私は気が向くと社員や客人に揚げて、食べていただくのだが、評判はいいようだ。

話は元に戻るが、私はいつの間にか、檀さんの生活に同化していったようで、これでは経済的に無理ではないか、と思うようになっていた。

実は「作家のかんづめ」には二種類あって、出版社側が宿泊費を支払う方法と、作家が自分で支払う形がある。檀さんや太宰治のように、女性同伴の場合は、自分で支払うことになる。その代わり、締め切りまでに書けるかどうか、出版社側は無理をいえない。

一般的に、月刊誌、週刊誌のように「〇月〇日何時までに」という、きびしい印刷期限のある場合は、旅館まで指定して、出版社が支払う形になるのが普通だ。

作家の中には、編集者から追い立てられないと、書けないタイプが意外に多い。ところが、どれだけ催促されても書けないタイプもいる。それでも不思議なことに、ぎりぎりの締め切りまでには、原稿ができ上がるのだ。

太宰治の場合も、担当編集者は相当困ったろう。たとえ一人で書いていても、彼の頭の中には、数人の女性の姿が映っていたはずだからだ。いつの間にか書いているはずの家や部屋から、姿が消えていることもあったろう。

あるいは酒を飲んで、書けなくなったことも、少なくないはずだ。仮に私が彼の担当編集者だったら、彼の連れていた女性に興味を持ってしまったかもしれない。

檀さんの場合は私の初めての経験だったが、書くのではなく、話すのだ。あるとき、完全に間に合わなくなってしまったので、凸版印刷の出張校正室に連れて行き、私が書き記すことで、締め切りに間に合ったことがあった。

直木賞作品の『石川五右衛門』外伝のようなものだったが、畳の部屋に机を置いて、私が座り、檀さんは私の周りをぐるぐる回りつつ、大声で話しはじめたのだが、私は最初、あっけに取られて、檀さんを見つめるばかりだった。

「と見る上弦の月……」

不意に語り始めたら、面白くて私は聴き入ってしまった。

「何をしている！　櫻井くん！　書け！」

檀さんにいわれて、あわてて書き出したことを、昨日のことのように覚えている。

このとき、作家の頭の中がわかったような気がした！

物語が流れているのだ。

私はこれまで数百冊、自分で本を書いたり、雑誌に原稿を掲載したりしてきたが、作家にはなれないことを知った。自覚したのだ。

檀さん以後、何十人ものすぐれた作家たちの小説づくりの現場に立ち会ってきたが、これらの作家たちは、ペンで物語を書いているように見えるが、実はペンは物語を書き写している道具に過ぎない。

もしあなたが作家志望だったら、試みに、一時間で短篇を口述してみることだ。つまり講演をしてみるといいだろう。三十分の短篇講演、五時間の中篇講演、何日にもわたる長篇講演を試みてみよう。

こうすることで、一篇の小説が完成するならば、作家としての可能性は大きいだろう。

松本清張先生の若い頃は、新聞社のアルバイト社員のような立場だった。もちろん、それで満足するようなタイプではなかった。先生が私に話したところでは、

「小説を書きたかったのだが、当時の身分、立場として、夢のようなものだった。原稿用紙を買う金があったら、家に入れなければならなかったものだ」

それほど貧しい家に生まれ、育っていた。そこで一案を考えて、昼休みに同じバイト社員に、考えた小説を「聞いてもらう」ことにしたという。

これが予想外のプラスになった、と先生は、私に話した。

面白くなければ、弁当を持って逃げて行ってしまうが、面白いと弁当を食べるのを忘れて、聴き入ってくれた、という。これによって自信がついたと、しみじみ私に話したのだが、実はこの習慣を受け継いだのが、私だったのだ。

清張さんにとって私は、最初の編集者だった。芥川賞を取りながら、なぜか、当初文藝春秋や新潮社などの一流出版社から、連絡がなかったのだ。いまではあり得ないことだが、戦争が終わって八年後、ということもあって、まだまだ食糧事情も苦しく、出版界も刷新されていなかった。

そんな中で、私だけが九州小倉市（北九州市）に住む清張さんに、手紙を出した編集者だった。それによって清張さんの作品の多くは、私のいた光文社で出すことになり、私とはお互い、遠慮なく話し合えた間柄だった。

この中で私と清張さんは「面白い」が合言葉になっていった。

面白ければ、弁当を食べることも忘れて、同僚が聴き入ってくれた経験から、清張さんはその後、新作が頭の中でできあがると、どの社の作品であっても私を呼んで、徹夜になっても内容を話しつづけたのだ。

「面白いかね？」

これが清張さんが死ぬまで、私と交わし合った合言葉だった。だから私は清張さんの初期の短篇は、ほとんど読んでいない。すべては耳で聴いた作品だ。その代わり、書籍になるとすぐ、署名して送ってくれたものだ。

第三章　空想の担当者

三島由紀夫の推理

私が仮に太宰治担当の編集者であったとすれば、

「これは面白いですねぇ!!」

を連発したことだろう。彼ほど編集者から、自分の作品を認めてもらいたがった作家はいなかったと思うからだ。いや編集者でなくても、読者でも作家でも、賞の選考委員でもいい。ほめてもらいたかったし、賞賛に飢えていた、いや愛に飢えていた、というべきだろう。

後年知り合っていく三島由紀夫にしても、川端康成にしても、賞に飢えていたし、愛に飢えていた作家だった。

作家の中には、そういった賞や喝采に無縁というか、関心のないタイプも多い。仮に戦後に大ブームを起こした田村泰次郎《たむらたいじろう》*25や川崎長太郎《かわさきちょうたろう》を例に取れば、彼らは街娼や私娼窟に通った作家だった。このタイプの作家は、作品をほめられても、うれしがることはないだろう。

永井荷風《ながいかふう》*26は文化勲章から日本芸術院会員、文化功労者と、作家だったら誰でも羨む立場に立っていたが、彼の最期は、数多くの女性を遍歴したあげく、自宅で一人寂しく、遺体となって発見されている。

もしかすると、この当時の太宰治担当の編集者たちは、ほめ足りなかったのではあるまいか？　ほめてほめて、ほめ抜けば、もしかしたら、自ら死を選ぶことはなかったような気がするのだ。

なぜ私がそう思うかというと、芥川龍之介と違って、太宰治のファンには、女性が圧倒的に多く、だからこそ太宰は、女性によってほめられるのに、慣れていたことになる。

それがわかるのは、私自身が女性の専門家であり、いまでも女性ファンが圧倒的に多いからだ。女性誌の編集長は女性たちの心の中を知らなければ、なかなか売ることはできない。読者に同調、同感されなければ、いつの間にか彼女たちは、雑誌から離れていく。

太宰治があれほど何人もの女性たちに愛され、慕われたのは「きみのためなら、いつでも一緒に死ぬよ」という、信じられないほどの愛情を示したからではないか？

「一緒に死ぬ」という言葉こそ、女性に対しての最高のほめ言葉なのだ。

それを太宰は知っていた、と私は思っている。特に戦いに負けて、すべての希望を失っていた時代なのだ。街をうろつく女性たちは、誰からも声ひとつかけられない、きびしい時代だった。生きていくよりも死ぬほうが幸せ、と思う女性たちの、何と多かった時代だろう。

食べるものもなければ、着るものもない、まして寄り添う人もいない時代だった。

今日一日生きつづけるには、何かを売らなければならない。女性にとって売るものは、身体だけだった。

私はそういう境遇の女性たちを見ていた。だから女性の心の中について、ほかの男たちより、少しくわしかったのかもしれない。

太宰治の周りには、それら同時代の女性たちが多く取り巻いていたのだろう。

仮に私が純文学の編集者になっていたら、むしろ太宰の甘い感傷的な文章を、批判していたかもしれない。

当時は河出書房の「文藝」編集長、坂本一亀《かずき》の力によって、野間宏、三島由紀夫、島尾敏雄《しまおとしお》、高橋和巳、埴谷雄高《はにやゆたか》*27など、錚々たる新人が現われた時期だった。

敗戦の時代を大きく転換させる力を持った作家たちであり、自分を歎いたり、女性とベタベタする湿性の文学から、新しい時代を形づくる男の文学に切り替わっていた。

たまたま私は坂本編集長との縁を捨てて、光文社に入ったことで、女性のために一生働くことになったが、だからこそ、のちのち三島由紀夫から川端康成への道が開かれた、といえるかもしれない。

とはいえ私が三島由紀夫と親しくなった直接のきっかけが、太宰治だったわけではない。私自身、三島の小説とエッセイを読みつづけており、小説は「女性自身」読者の年齢にはむずかしいが、エッセイならぴったりだ、と判断していたからだ。

それというのも、丁度「女性自身」創刊の年から、三島さんは「週刊明星」に『不道徳教育講座』という、評判のエッセイを連載していた。

「週刊明星」の編集長は、私の大学の大先輩であり、「主婦之友」の編集長も務めた本郷保雄《ほんごうやすお》さんである。

私は東京外国語大学出身だが、一年に一回、それぞれの語学生による「語劇祭」という催しがあり、先輩に寄付をいただきに上がるのが恒例だった。

私は大先輩の本郷さんの許にお願いに上がったのだが、本郷さんは快く所定の金額を出してくれたのだ。このとき「ホーム」という女性誌を編集していた本郷さんは卒業後、私が出版界に来るものと信じていたらしい。

私が三十一歳で「女性自身」編集長になると、すぐ連絡をくれて、ご馳走してくれたほど、私を可愛がってくれたのだ。

実は三島さんに最初の手紙を出したとき、本郷さんの弟子である旨を書いたのだが、これが三島さんの気に入ったのだ。初めて三島邸に伺った折、三島さんは上機嫌で、本郷さんの声色を使って『不道徳教育講座』をいかに書かせられたかを、私一人のために演じてくれた。

それは則ち、「彼の弟子である君のためには、俺は書くぞ」というサインでもあったのだ。

私はこのときほど、人と人とのつながりの大切さを感じたことはない。

自分自身の力や信用というものは、本人が考えているより小さいもので、本当の信用というものは、誰とつき合っているか、誰から信頼されているかこそ、大事なのだ。

このとき、もう一人、三島さんが信頼していたのが、保田與重郎先生だった。

三島邸に行く回数がふえるにつれて、お互いの人的つながりがわかってくる。それは当然で、どういう方々とつき合っているか、教えを乞うているか、お互いの話が広

三島由紀夫は細身のスーツに身を包んだ（提供 朝日新聞社）

がっていくからだ。

このとき、家に伺った側が話題を広げるのが、社会的ルールとなる。最近の学生や社会人は、このルールを知らないタイプが多い。「ぜひお目にかかりたい」と連絡していながら会ってみると、こちらの話を、ただ待つだけの人たちなのだ。これでは、相手に信頼されないどころか、次回に会ってもらえないだろう。

もちろん三島さんが日本浪曼派に属していたことは、私でも知っていた。新しくお目にかかるときは、どこかに親しくなる接点がないか、いろいろ調べるのは当然だ。太宰治と直接、知り合っていたかどうかはわからなかったが、三島さんが太宰に目をつけていたことは、すぐわかった。

それは文体一つからでも読み取れる。

といっても、三島さんが太宰治の作品や文体を好んでいたとは、到底思えない。むしろ「キザな奴」という目で見ていたかもしれない。

ただ二人とも「自分自身を愛している」文章の書き手であり、その点で、軽蔑しているようなそぶりは見せなかった。

　この時期の作家たちは、日本美を大切にしていたように思う。逆に学生たちは日本美を消してしまおう、という気になっていた。三島が一部の学生たちを嫌ったのは、暴力を振るったからではない。

　それよりは日本美を、この世の中から消してしまう気になっている一部の学生たちに、怒りを覚えていたのではなかったか。

　その点、太宰治も日本美を認めていたし、青森の豪商の家には、最高の美が飾られていた。私がこの二人に感じるのは、三島さんは建築物に最高の美を見出し、太宰治は、女性に日本美を感じていたような気がする。

　だから三島邸を初めて訪問した日、少し早く着いたので、周囲の道を少し歩いてから、門のベルを押したのだが、話の途中で、三島邸の裏にあった、一本の樹木の名前を尋ねたのだ。

　三島さんはやや驚いて、なぜ裏庭にある、その木を知っているのかを私に質問したのだった。

人間と人間は、どこで何の話題で親しくなるかわからないものだ。

私は初めてお目にかかる方の場合、二十分〜三十分ほど早く着くようにしていることと、さらに周囲の雰囲気を知ることで、話題をつくっておく旨を話したのだが、これが三島流の生き方にぴったり合っていたのだ。

たったこれだけで、三島さんとは親しくなったのだが、その後、太宰治との話を私から出したのも「出会い」の大切さを話題にしたかったからなのだ。

仮に三島さんとの出会いで、裏庭の木の話などしなければ、太宰との話を出すきっかけもなかったろうし、三島さんも当たり前の編集者の一人として、私を遇しただけだったと思う。

考えてみると、私と大作家たちとの対面の初めの頃を思い起こしてみると、ただお願いをして帰る、という当たり前の訪問は、一人もいなかったように思う。

松本清張さんとの出会いでは、何回目かのときに、朝日新聞社の小さな部屋で、将棋の勝負をしたことがある。相当な自信を持っていたようだ。しかし私が光文社に入社して間もなく、将棋部の部長になった、とは知らない。以後清張さんは、私と将棋をしたことがない。3局ともまったく勝負にならなかったからだ。

幸田文先生のときは、雑巾を絞って廊下を拭かされている。障子の桟も拭かされた。時代小説の海音寺《かいおんじ》潮五郎《ちょうごろう》先生の家では、「山鳩が手に入ったので、食べて行きなさい」と先生にいわれて、鳩を食べるのかと、驚いたことを思い出す。

五味康祐には手足の指紋を調べられて、手の指紋は最悪だが、足の指紋がすべて渦を巻いているというので、ようやく執筆を承諾してもらっている。

あるいは漫画家の小島功は、手相から「きみは三十八歳で光文社をやめる」と占われて、その通りになったし、やなせたかしはお互い、新人（やなせはマンガ家一年生、私は編集者一年生）のときに出会い、はげまし合っている。

出会いとは、こうあるべきだと私は思っているのだが、誰とでも、なかなかこうはいかない。しかし初対面で何かが起こったか、互いに忘れられない印象を残した人物とは、その後長くつき合うべきだと、私は信じている。

話は少し戻るが、私は早めに三島邸に着いたことで、たっぷりとこの白亜の豪邸と、その裏庭を眺める時間を持つことができた。

初対面の方の場合は、いくつもの話題を持っていたほうがいい。話が途切れて、互いに沈黙したら、その出会いは失敗となる。三島さんとの場合は、多くの話材を用意していたので、どんなに時間が長くなろうとも、平気だったし、むしろそのほうが、一回でぴったり気が合うことになる。

そしてその通り、戦時下の生活に話題が回っていったのだ。これは当時としては、挨拶代わりのようなもので、戦争中はどこに疎開していたか、爆撃を受けたか、学校はどうなったか——は、三題噺のようなものだった。

その中で私は最初に、日本浪曼派の保田與重郎先生の話を出したのだ。そして私の思った通り、三島さんは「保田先生を知っているのか？」と、驚きの目で私を見つめたのだった。保田先生は戦後のこの時期には、文学上で死んだも同然の立場だったので、奈良から東京に出て来ているとは、さすがの三島さんも知らなかったようだ。

保田先生は戦時中に華々しく活躍した文学者で、三島さんはまだその頃は、少年だった。それだけに保田先生のことは、間接的に知るだけかと思っていたのだが、それは私の浅い知識で、天才文学少年だった三島さんは、すでに戦時中に直接、保田先生に会っていたのだ。

これについては私の『三島由紀夫は何を遺したか』（きずな出版）の中にくわしく書いているので、ぜひ読んでいただきたいが、三島由紀夫という作家の原点は、本当に「早熟の天才」だったのだ。

川端康成の好奇心

もう一人、私と太宰治と覚しき人物との出会いに興味を示したのが、ノーベル賞作家の川端康成先生だった。

川端先生には、めったなことではお目にかかれないし、それに若い編集長クラスでは、会社が行かせない。どの出版社も、社長か出版局長、編集長クラスでないと、連絡を取らないほどだった。

ノーベル賞作家に何か不快な思いをさせてしまったら、取り返しがつかないからだ。

ところが私はまだ三十代最後の年齢だったが、小学館の後援で、四人の仲間と新しい出版社を創立するところだった。

それも、新聞にも大きく取り上げられた「光文社争議」の中心人物の一人だった。

川端先生といえども、この闘争には関心を持っていただろう。もしかしたらお目にかかれるかもしれない、という淡い期待を込めて、手紙を書いたのだった。

私は一生を通じて「運がよかった」としかいいようがないが、大きな運命の転換期になると、特にいいほうに転んだものだった。

この手紙も先生の興味を引いたのだ。では何を書いたのか？

一つは雑誌を創刊するに当たって、先生の『掌の小説』の中の一篇ずつを連載できないか、とお願いしたのだ。二つには三島由紀夫先生と親しい編集者であり、三つには太宰治と覚しき作家と少年の頃、会っている、というエピソードを加えたのだが、先生はこの中のどの項目に興味を持たれたのかわからないが、日時を決めて会うと、連絡してくださったのだ。

これには小学館の相賀徹夫《おおがてつお》社長も驚いたようで「先生のところから帰ってきたら、すぐ連絡してほしい」と、電話を寄越したほどだった。

もしかすると川端先生にお目にかかった出版人としては、私が最年少だったかもしれない。それほど珍しいことだったらしい。

先生が私と会ってくれたのは、前後四回という少ない時間だった。別に嫌われたわけではない。むしろ「次はいつ来るか」と、催促されたほどだった。しかし思いがけないことに、先生は突然、自殺されてしまったのだ。昭和四十七年（1972）四月十六日のことだった。

ご自宅のある鎌倉ではない。隣町の小さな逗子のマンションの一室だった。誰もが強い衝撃を受けたろうが、私も先生とおつき合いしている最中だっただけに、「なぜ？」の思いが強かった。「今度はいつ会おう」と決めてはいなかったが、いつでも会えるところまで、互いの仲は深まっていると思っていただけに、多くの人々の衝撃より、受けた度合いが、異常に強かったことを思い出す。

先生はどの話をしても、いつも同じ表情で無言だった。ただ話題に満足すると、笑顔になるのだった。他の出版社のことはわからないが、私の場合は奥様が必ず先生の右隣に座って、先生が訊きたそうな質問を、私に巧みに問うのだった。

川端康成は酒を飲まずタバコを好んだ（提供 朝日新聞社）

私の場合は非常に特殊なケースで、まず保田與重郎を知っている編集者は、めったにいなかったこと、さらに太宰治らしき人物と実際に会った編集者は、その頃には少なくなっていたこと、まして三島由紀夫も知っているとなると、ほぼ誰もいなかっただろう。

私の知っているかぎりでは、新潮社の専務で、小説の神様といわれた斎藤十一《さいとうじゅういち》さんと、出版部長の新田敞《ひろし》さん以外は、いなかったと思う。この斎藤専務は「新潮」「小説新潮」「芸術新潮」「週刊新潮」の四大誌のトップに立っていたが、五味康祐が保田與重郎の愛弟子で、レコード蒐集《しゅうしゅう》家でもあり、芥川賞を受賞したということもあって、週に一回くらいはレコードを聴きに、五味邸に来ていたのだ。

三島由紀夫は、この斎藤さんに認められたことで、大喜びしていたし、保田さんは東京に出てくると、五味宅を常宿にしていたため、お互い知人の間柄だった。

それらの人たちとつき合いのある、珍しい若者が川端家にやってきたことで、川端康成記念会東京事務所代表の水原園博《みずはらそのひろ》氏は、

「川端先生の晩年に飛び込んできた天使」と、私のことを評して、

「櫻井さんは、先生を最後に笑わせてくれましたよ。それがどれだけ、先生にとって幸せだったか！」

といってくれたが、たしかに先生は、私と一緒にいると、こちらが「そろそろ失礼いたします」といわないかぎり、私の話に耳を傾けつづけてくれたのだった。

川端康成にとって、太宰治は忘れられない特別な作家だった。それは第一回芥川賞に「自分を推せんしてほしい」という太宰の熱い手紙を見ても、よくわかる。

私はこの手紙を『川端康成と東山魁夷《ひがしやまかいい》』展で、現物を見たことがある。

「私に名譽を與へて下さい。（略）早く、早く、私を見殺しにしないで下さい。きっとよい仕事できます。」

長文の手紙だが、芥川賞選考委員だった川端康成に、すがりつくような文章だった。

私が勝手に推測するならば、川端康成は『逆行』の太宰治か『故旧忘れ得べき』の高見順の二人のうちのどちらか、と考えていたようだが、突然のように、石川達三の

『蒼氓』に持って行かれてしまったのだ。

太宰にとって不運だったのは、第一回芥川賞が昭和十年（1935）という時期であったことだった。

昭和十年というと、日本と中国の間で、戦争が起こる二年前の時期だった。いわゆる時局は緊張の直前ということもあり、太宰のような私小説は、どちらかというと排除されつつあった。

その点、石川達三の『蒼氓』は、当時、話題になっていたブラジルに行く移民の問題を扱っており、非常に注目されたテーマでもあった。第一回芥川龍之介賞としては、願ってもない作品だったろう。

芥川賞を含め、どの文学賞でも、その時期の話題性や社会性を扱った作品が、有利であることは間違いない。またベストセラーになりやすいのだ。

例えば2023年下半期の芥川賞は『東京都同情塔』だが、作家の九段理江《くだんりえ》は、初めてAIを一部に使って、作品を仕上げている。これなどは話題性は十分だろう。

そう考えると太宰の『逆行』は、話題性に乏しかったので、いかに川端康成を頼ろうとも、受賞はむずかしかったろう。むしろ高見順の『故旧忘れ得べき』のほうが、作品としても話題性としても、上位といえる。実際、高見はこの作品一作で、作家として、上位に座ることになったほどだ。

長いこと出版界に在籍してきた私としては、個人的に「伸びて行く作家はこんなタイプ」という像を描いている。

（一）常に世間の話題に上る作品を書く
（二）ドラマ性が高く、どの作品も一定のレベルにある
（三）主人公に特徴があり、長く記憶に残る
（四）自分もかくありたい、という憧れを作者に持つ
（五）文章に優れた特徴を持つ

私の場合はマンガでも、似たような条件を持つ作家を、高く評価する癖がある。恐らくこの本を読む読者の中には、私と同じように、小説とマンガの評価を、一緒にするようなタイプの人もいるのではなかろうか？

それは当然で、小説でもマンガでも、優れた作品は、これら五つの条件に含まれる要素を備えているものだからだ。

中でも、長く読者の記憶に残る作家の場合は、作品だけでなく、作家の表情や言葉遣い、その日常性まで、読者の記憶に残ることだろう。

太宰治の場合は、何枚かの写真を見ても、何となく頽廃的なものを感じるのではあるまいか？

私自身、わずか四日間ではあったが、その男が太宰治であったかどうかは別として、少年の目にも、崩れた感じの大人に映った。

テーブルへの肘のつき方、なんとなくだらしのない座り方、さらには寝具に寝そべる姿など、少年の目には、家族の中にいないタイプのような気がしたのだ。

　だからといって、怖い大人、逃げ出したい男というのでもなかった。それというのも、少年の話をこれほどうまく引き出してくれた大人はいなかったし、私自身、自分にこれほど話題が詰まっているとは、まったく思ってもいなかったからだ。

四日間の記憶

　四日間といっても、私が毎日、その男女の部屋に通ったのは、一日数時間だった。

「明日もまた来られるか？」

という誘いの言葉で、午後の温泉に身体を漬からせてから、その部屋を訪ねるのが、私にも楽しみになったことは確かだった。

　それというのも、明日は何を話そうか、と考えて、少年としては、飛び切り面白い経験談を用意したつもりだった。

実際、旧制中学四年生としては、小説の題材になるような体験を持っていたのだ。いまとなっては、この体験談を話したかどうか、記憶も薄れてしまったが、一例を挙げてみよう。

太平洋戦争が敗戦に向かいつつあるとき、中学二年生で私たちは教室に別れを告げ、工場に通うことになった。

私たちのクラスは、東京山手線の五反田にある電気機器工場に配属され、月給十円をもらう中学生になったのだ。ここには、私たちより三年上の女学生も働きに駆り出されており、警戒警報が鳴ると、バラバラに帰宅するようになっていた。

そんな日常の中で、私たち中学生が、ときどき年上の女学生に連れられて、工場の一室に閉じこめられるようになっていったのだ。両校の教師は気づいていないし、私たち男子中学生も、先生に報告しなかった。

つまり三年上の女学生たちが、私たちの中で、見栄えのよさそうな少年を、セックス用にもて遊んだ、ということなのだ。これは少年たちにとって、一面では恐怖であり、一面では大きな自慢話になった。

誰が呼ばれたかはわからなかったが、互いに「俺はまだだ」「ぼくは行かなかった」と、ヒソヒソ話が広がっていったのだった。

私は早生まれなので、級友の中ではその種の話は初心者だった。それだけに、私にとって女性は、一種の恐れを抱く存在になっていったことは事実だった。

のちにこの話は、私の打ち明け話の中でも、多くの人から興味を持たれるものになっていったが、残念ながら、私は女学生たちから選ばれなかった。それが屈辱になっていったのだが、多くの人たちは、男女どちらも、非常に興味を持つ話材だったようだ。

いまとなっては、これを話したかどうかの確信はもてないが、三島由紀夫、川端康成のお二人には話した記憶を持っている。三島さんは豪放に笑い飛ばしたし、川端先生は無言だったが、私の話を聞いた上で、次回もまた来るように、川端夫人から私に伝えさせている。

川端先生の場合は面白いから、またその続きを話して聞かせよ、という催促だった。こういう催促を受けた男は、そう多くはいなかったらしい。

この当時の先生は、ある団体からの圧力に苦しんでいた、とマスコミの間では伝えられていた。友人であり作家であった五味康祐は、文芸誌の「新潮」に、当時このことを文芸作品の短篇として書いていたので、読んだ方々もいるだろう。

川端先生の近くで働いていた美術関係者は、

「だから櫻井さんは、この当時の先生にとって、たった一人だけ、心を許せる男だったのですよ」

と、私のことを評してくれたが、実のところ、その頃の私も「なぜこれほど、川端先生ご夫妻が、私に心を許してくれるのだろう?」と、疑問に思ったほどだったのだ。

本来ならば、私は先生から排除されてもいい編集者だったのだ。なぜかというと「太宰治らしき作家と四日間過ごした」というだけで、苦い顔をされても仕方のない経験の持ち主だったからだ。

あれほど「芥川賞」の一票を、川端先生に投じてほしかった〝太宰治らしき作家〟と、偶然巡り合った少年だったし、さらにはノーベル賞を取り合った三島由紀夫から、ある程度信頼されていた、週刊誌の編集長になり上がった男だったのだ。

仮に「会いたくない」と、面会を断られても仕方のない立場だった。いかに名作といえども『掌の小説』を再度、雑誌に掲載させていただきたい、という依頼は、むしろ断りやすかったろう。

先生が私に会ってみてもいいか、と最初に思った心の裏側には「三島由紀夫と親しかった青年」という、一点でなかったかと、思うのだ。

先生自身と、三島由紀夫とのノーベル賞を巡ってのやり取りを、この青年編集長はどこまで知っているのか、それをどう考えているのか、感じているのかを、知りたがったのではないか、と私は推測している。

ところが案に相違して、まだ四十にも届かない戦後世代の青年が、三島だけでなく、太宰治から檀一雄、さらには戦時中の文芸評論家、日本浪曼派の保田與重郎まで知っていたことで、考えを改めたのではないかと、思われるのだ。

むしろいつもつき合っている出版社の専務、社長クラスより、新しい話題を持っているし、それも面白い、と思ったのではあるまいか？　まず川端先生が私に驚いたのは、宮内庁と皇族、当時の皇太子ご夫妻（現上皇ご夫妻）と、ルートがつながっている、という点だった。

女性週刊誌の編集長が、そこまで皇室の人々と、深くつき合っているとは、誰も思わなかったに違いない。さらに沼津御用邸の昭和天皇の、机の抽斗の中まで知っていることで、川端先生は私を離さなくなってしまったのだ。

川端先生と会った回数は、わずか数回だったが、先生にとって「櫻井」という若者は、離すことのできない話材の持ち主だったのではなかろうか？

最後にお目にかかったのは、鎌倉のご自宅から、東京駅までのお伴だった。このとき私たちは、電車の入口からほど近い対面席に座った。たしか四人がけの座席に二人が向かい合って座ったと思う。

それも私は奥を向いて座り、先生は入口方面を向いて座った。

先生はふだんより、ややリラックスして座っていたが、いつものように、私から皇室の話を聴きたいようで、その催促をしたほどだった。奥様に頼まれてこの日は、東京駅までのお伴だったので、特別に面白い話をしなければと、ある皇族の誕生日のお祝いの話をしてみたのだった。

いまは皇族がどなたかの誕生日に集まって、パーティを開くようなことはないだろうが、昭和天皇・皇后の時代は、秩父宮《ちちぶのみや》、高松宮《たかまつのみや》、三笠宮《みかさのみや》三人のご兄弟や、皇后のご家系である久邇宮《くにのみや》家もあったことから、お誕生パーティも、秘かに宮家の庭園などで行なわれることもあったのだ。

ある宮家でのパーティのとき、当時の美智子《みちこ》妃もご出席になるという情報をキャッチした写真班は、隣家から写真を撮らせていただけることになり、そのうちの一人は屋根に上ったのだ。

ところが生憎《あいにく》の雨になり、そのカメラマンは、屋根から滑り落ちてしまった。この物音は宮家には聴こえなかったので、翌週のグラビアを飾ることになったが、この話に、川端先生は笑い出してしまったのだ。

ところが私はまったく気づいていなかったが、私の後ろの通路や席には、川端先生がいらっしゃるというので、乗客がぎっしり通路を埋め尽くしていたのだ。

川端先生が思わず笑ったので、その乗客たちが「先生が笑った」というので、どよめいたことで、初めて私はその状況を知ったのだった。

しかし先生は、そんな周囲の状況を、まったく意に介することなく、私に話をつづけさせるのだった。

一般的に「会話」というと、互いにうなずいたり、交互にしゃべったり、という形になるものだが、作家の場合は、ほとんどが編集者側の話す時間が長くなる。

作家側は、いつかこの話は使えるかもしれない、という欲張りの部分があるからだ。

太宰治と覚しき作家との会話もそうだったが、ほとんどが私の一方的な話となったのだ。それは「作家の欲」というべきもので「いつかこいつの話を使えるかもしれない」という目で見たり、耳をそばだてていたりするのだ。

私は二十二歳から編集者になったことで、何十人、いや百人を越す作家や漫画家、あるいはエッセイストと交わってきたが、いつの場合でも、私が話す側に回ってきた。それが編集者の責務と信じてきたからだ。だから話のできない編集者、作家を興奮させられない記者は、基本的な能力がない、と私は信じてきた。

この東京への列車の中でも、私は皇室関連の話題だけで、いくつも用意していた。たとえば浩宮《ひろのみや》様（現・天皇）と一緒に、当時の皇太子（現・上皇）は、毎年、軽井沢に避暑に行かれていた。このとき新聞記者と週刊誌記者は、一緒に浅間山に登ることになったものだが、あるとき浅間山の中で、私共の記者と皇太子が、たった二人きりになって出会う羽目になったのだ。

皇太子は、こちらの記者の顔も名前も知っていたので、事なきを得たが、宮内庁の職員と皇宮警察は、皇太子が一時行方不明になった、ということで秘かに大騒動になったものだ。

このときは、こちらの記者が山の中を案内して、無事に戻ることになったのだが、こういうときは、宮内庁からこちらに、秘かにお礼が来ることになる。こうして他誌より私の雑誌のほうが宮内庁と仲よくなるのだが、私自身が、宮内庁の総務課長や東宮侍従の浜尾《はま》実《おみのる》氏と、直接、電話連絡のできる立場に立っていた。

第四章

太宰治との絆

作家の自殺

私の一生を振り返ってみると、周囲で自殺している方々が非常に多い。

川端康成先生もこのあと、不思議な自殺死を遂げるのだが、作家だけでなく、歌手や芸能人なども、なぜか大勢いるのだ。ただ数えてみると、日本浪曼派関係の人々が比較的多い気がする。三島由紀夫も太宰治もそうだった。島崎藤村《しまざきとうそん》らと「文學界」で活躍した北村透谷《きたむらとうこく》も、わずか二十五歳で首をくくっている。

もちろん日本浪曼派にかぎらないが、予想以上に若くして、戦後に自殺した作家たちは多いのだ。

それはともかく、私と太宰治らしき人物の関係でいうならば、温泉宿での四日間で、ロシア文学について話を聴かされたような気がする。その辺のところはあまり定かではないが、ただなぜか、この温泉宿でのあと、私は急速にロシア文学に熱中していったのだ。

そして、兄たちの反対を押し切って、東京外国語大学のロシア語、ロシア文学を専攻するようになった。

それまでの私は世界文学、日本文学を読んではいたが、それほど、ロシア文学に熱中していたわけではなかった。むしろフランス文学、イギリス文学に傾倒していたほどだった。

ところが太宰治らしき人物と出会ってから、なぜかトルストイ、ドストエフスキー、さらにはチェホフ、それに当時の日本では、それほど知られていないプーシキンに夢中になったほどなのだ。

のちに私の外語大での卒論は『プーシキン論』になっている。なぜここまで十代の少年がロシア文学に向かい合ったのか？　また日本語訳でなく、なぜ私はロシア語を学んで、原語で読もうとしたのか？

　偶然としかいいようがないが、太宰治が玉川上水で入水する前年、昭和二十二年十月号の「小説新潮」に、『文学の曠野に』というインタビュー原稿を書いているのだ。この「小説新潮」は創刊二号目に当たり、恐らく私はこの号を読んでいただけでなく、太宰と覚しき中年男性と四日間語り合っていたときも、似たような話を聞かされていたのかもしれない。

　というのも、温泉で作家と思われる人物と語り合った内容が、この記事と酷似しているからだ。いや、太宰治がこの記事で話している通りの道を、私が歩んできたことになる。

　その部分を、少し書き写してみようか？

「フランス文学では、十九世紀だったならばたいてい皆、バルザック、フローベル、そういう所謂《いわゆる》大文豪に心服していなければ、なにか文人たるものの資格に欠けているような、へんな常識があるようですけれども、私はそんな大文豪の作品は、本当はあまり読んで好きじゃないのです。却《かえ》ってミュッセ、ドーデ、あの辺の作家をひそかに愛読しております。

ロシアではトルストイ、ドストエフスキーなど、やはりみな、それに感心しなければ、文人の資格に欠けるというようなことが常識になっていて、それは確かにそういうものなのでしょうけれども、やはり自分はチェーホフとか、誰よりもロシアではプーシキン一人といってもいい位に傾倒しています。(以下略)」

十九世紀のロシア文学では、プーシキンに価値を認める人は、むしろ少ないほうだったろう。なぜかというと、彼は小説家というより、詩人だったからだ。

それに日本でのプーシキンの翻訳家は、神西清《じんざいきよし》ただ一人、といっていいくらい、少なかった。それも岩波書店だけで翻訳されているほどで、この当時、プーシキンに価値を認めた作家としては、太宰治くらいのものではなかったか?

私は戦後の昭和二十七年(1952)に、卒論として『プーシキン論』を書き上げたが、恐らく外語大生の卒論としては、彼をテーマにした学生は、これ以後もいなかったのではないか、と思われる。

それほど太宰治の価値観はすぐれていたし、先んじていたように思う。私が東京外語大の第一期卒業生として、プーシキンを選ぶことになったのも、もしかすると、「あの四日間」にあったのではないか、と思うのだ。

この作家と覚しき中年の男性は「明日、兄が迎えに来るので、千葉県に帰ります」と、私の報告を受けると、

「そうか。将来、君が社会に出るときには、出版社という会社があるからね。それを覚えておきなさい」

前にも書いたが、ほぼこんな言葉を最後に残してくれたと思う。この言葉をこの男性から聞かなかったら、果して外語大を受けたかどうか？

この四日間は、櫻井少年の文学志向を、一挙に花開かせた日々だったと思うのだ。

実は正直にいうと、文学志向をもっと手っ取り早く進めるために、早稲田大学の高等学院という、旧制高校も受けたのだが、この学院は文系でありながら数学が試験科

目にあったので、落ちてしまったのだ。

しかし運命というのはわからない……。

仮に早稲田で文学を学んだら、太宰治と覚しき中年男性と、これほど一生を通じての、つき合いになったかどうか？

いや、なるはずがなかったろう。まず大学でロシア語を勉強しなかったろうし、果して講談社を受けたかどうかも不明だ。

たまたま光文社に入ったことで、芥川賞作家の五味康祐と親しくなり、太宰の友人であることを知ったので、一挙に作家の輪が広がったということなのだ。

また私が運命論の研究家になり、何冊もの著作を出せたのも、私自身がそういう運命の輪の中に入ったからなのだ。

運命は一本の紐ではないようだ。一本の紐だったら、その人とのつながりが切れれば、運命も途絶えてしまう。ところが運命は輪であり、切れたように思えても、年月が十二星座、十干十二支という具合に広がっていくと、思いがけない形でつながって

五味康祐（左から5人目）。第28回芥川賞・直木賞授賞式（©文藝春秋／アマナイメージズ）

いく。

「たまたま」という言葉を、私は運命語と考えている。「運命語」などといった表現はない。私が勝手につくった語なのだが、因縁語、宿命語も、私の造語だ。

もしこういった運命、宿命を感じるような知人、友人がいたならば、絶対その縁を切らないほうがいい、と私は考えている。それだからかもしれないが、私には長くつながっている知人、友人が何人もいる。そしてそれらの縁つづきの人々が、私を助けてくれるのだ。

そして私も、その人たちを助けることができる。私にとって太宰治は、昔の作家であり、一編集者として考えれば、単なる〝好きな作品を書いたひとりの作家〟に過ぎない。ところが縁というものをじっくり考えていくと、この太宰治らしき作家は、私にとっての運命人なのだ。

ただの単なる過去形の作家ではなく、いま現在も運命的につながっている、大切な作家なのだ。

太宰治には作家になった二人のお嬢さんがいる。

一人は津島佑子《つしまゆうこ》＊[28]さんで2016年に、亡くなっている。六十八歳だった。

もうお一人は太田治子《おおたはるこ》＊[29]さん。現在七十六歳。母親は『斜陽』の主人公「かず子」のモデルになった、有名な太田静子《しずこ》さんだが、私が会ったのは、文学史上有名な、この女性ではなかったか、という人は多い。

五味康祐も檀一雄も三島由紀夫も、ほぼ同意見だった。ただ私としては、中学生という年頃でもあり、会話をしたり、じっと顔を見つめたり、ということはできなかったのだ。

それにこの女性は、いまでいうならばお淑《しと》やかというか、男が「おーい！」と呼ぶまでは、隣室に控えていて、ほとんど顔を見せなかった。いわば昔風の奥様タイプだったのだ。

太田治子さんとは一時期、ある銀行関係者とのつながりで、一緒に講演することがあったので、冗談も出た気がする。

「櫻井さんがその旅館に泊まっていた晩に、私ができたのよ」

といって、私を笑わせたり困らせたりしたこともあった。たしかに太田さんのいうとおり、時期的にはそう遠くなかった気がするのだ。

ありがたいことに太田さんは、私の夢のような話を、一瞬で壊すような女性ではなかった。その意味ではみごとな小説家だった。そしてその銀行関係者たちも、私の夢をむしろ広げてくれるような人々だったのだ。

太宰治かもしれない中年男性は、単にひまつぶしだったのかもしれないが、なぜそれほど、地方の一中学生に四日間も興味を抱いてくれたのか？

恐らくここまで読んできてくれた人々の中には、そこに疑問を抱く人々も多いに違いない。たしかにそうだと思う。

ただ私の戦争中の体験だけでも、やや異常だっただけに、その後も、私に話を聞きたがる作家たちは多かった。

中でも私の家族が、次第に生活に苦しむことになり、何度も古い貸家に移転することになるのだが、このとき私は、一つの愉しみを発見したのだ。

これにのちのち、多くの作家は興味を抱き、太宰治と覚しき男は、特に話を聞きたがったのだ。それは別に大したことではなかったのだが、どの家でも当時、必ず実行していた習慣だった。

貸家に移るときだけでなく、毎年五月になると、どの家でも畳を天日干しする習慣があったと思う。当時は畳の下に、さまざまな虫が寄生していたのだ。

このとき、どの家でも畳の下に新聞紙を一枚、新しく敷き返すのだが、移転が多かったわが家で、小学生の私は、珍しい新聞紙を見つけたのだ。一枚は「阿部定事件」

で有名になる新聞紙であり、もう一枚は「説教強盗」で東京市内を震撼させた、妻木松吉という男の逮捕記事の載った新聞だった。

現在なら、いつでもどこでも手に入る記事だが、私の子どものときは、その記事の載った新聞紙は、めったに見られるものでなく、私は貧しさから、次第に小さな借家に移っていく寂しさより、珍しい新聞を発見できる楽しさと喜びのほうが、はるかに大きくなっていったのだった。

活版印刷の新聞写真

この話をその男に語ってから、一年半後、まさに私は新聞の記事で、あのときの男らしき人の写真を、見つけることになったのだ。

それは1948年（昭和二十三年）六月十六日の新聞記事だったのだが、私の見た千葉県の新聞記事は、タブロイド版と思われる紙面で、写真そのものが、よくわからないほどだった。

それでも級友たちが持ってきた新聞の小さな写真を見て、一瞬「似ている！　あの人だ」と直観した。この頃の友人たちは、大学入試に夢中で、あまり話し合ったり、会うこともなかった。それだけに、この新聞記事は大きな騒ぎになったのだ。

何人かが私にその記事を見せようと、飛んできたほどだった。

ただ私としては、この話題を、自分ひとりの胸に秘めておきたかった。まったく自信がなかったし、日が経つにつれて、そんなことがあったとは、思えなくなってしまったのだ。

すべては無《む》、あるいは空《くう》の世界の出来事と思えてならない。それこそ兄に連れられて、あの箱根の温泉に行ったことさえ、信じられないようになっていった。

これは私ひとりの空《くう》の思い出であり、自分ひとりの胸に収めておくだけで十分だった。

実は私のその後の人生は、波瀾に富むものとなり、四十代になる直前には日本最大といわれる暴力組織、山口組三代目組長、田岡一雄《たおかかずお》氏から、組織に誘われることになっていったのだ。このこと一つだけ取り上げても、信じられるだろうか？

田岡氏は私が労働争議で「女性自身」を辞めることを知り、山口組の顧問になってもらおう、と決断したのだった。このときの田岡組長と直接会った編集部員は児玉隆《こだまたか》也《や》というデスクだったが、それまでの記事のつくり方で、田岡組長から信頼を受けていた。

これについては、またの機会にくわしく述べることもあるだろうが、私は田岡組長の代理人として、のちにサイパンで亡くなった、白神英雄組長とお目にかかっている。実にみごとな交渉代理人であり、私は非常に感心した記憶を持つ。「交渉事とはこういう風にやるのか」と知ったし、「責任を持つということも、ここまで考え抜くのだ！」と、白神さんにも田岡組長にも、頭の下がる思いをしたことを覚えている。

このとき、私自身のアドバイザーを務めてくれたのが、岡村吾一という右翼の活動家だった。私とは宝塚歌劇団を通じて知り合った仲だった。岡村さんについては私の「YouTube」で書いているが、彼が亡くなったとき、東京宝塚劇場で、多くの劇団員が見送ったほどだった。

これについても、ここで直接話すべきことではないかもしれないので、カットするが、私は多くの人たちが想像するより、はるかに広い人脈を持っていたのだ。

だからといっては何だが、五味康祐、檀一雄、三島由紀夫、佐藤春夫、川端康成といった一流の作家や、多くの皇族関係者、あるいは現上皇ご夫妻や、美智子上皇妃の母上などと、直接つながっていた。

さらには佐藤栄作《さとうえいさく》総理ご夫妻とは、いつでも公邸で、夜間にお目にかかれるようになっていた。恐らく週刊誌編集長としては、私が一番多くの方々、広い範囲の方々とつながっていたであろうと、思われる。

家内は私を信頼していたし、どんな方々と私がおつき合いするときも、びくともしなかった。その点では、私の周りの方々も、私と家族については、いろいろ面倒を見てくれたものだった。

作家の川内康範《かわうちこうはん》は表向き、テレビドラマ『月光仮面』の原作者であり、『誰よりも君を愛す』などの歌詞の作者だったが、実は私を、裏で守ってくれた愛国者だった。

この当時は学生運動が盛んな時期であり、週刊誌は「女性自身」ばかりでなく、どの出版社でもトラブルが起こっていた時期だった。三島由紀夫でさえも、小刀を腰に帯びていたといわれるほどで、むずかしい時代だった。

私はいつも、誰かによって守られていた。恐らく川内康範が派遣した守護者だと思ったが、彼はそれについては口をつぐんでいた。私もくわしくは問い合わせなかったが、まず間違いなかったろう。

私とは、長い間のつながりがあったからだ。それというのも、彼は昭和三十年（1955）までの十年間、海外抑留者の帰国運動をつづけていたのだ。私はその話を聞いて、雑誌で彼を応援していた。そんな裏話があるとは、誰も知らなかった。

なぜ私が若いにもかかわらず、海外抑留者の帰国を「面白倶楽部」という雑誌で、作家たちに書かせたかというと、一兵卒の作家たちが相当苦労して、日本に帰国してきたからなのだ。

またどうして、ソ連兵の非道な犯罪をくわしく知ったかというと、これら作家たちのロシアからの帰還作品の中のロシア語を、翻訳させられたからなのだ。むしろ、南方から帰還する兵士たちを助けたのだが、南方でも北方でも、川内康範にとっては、どちらでも同じだった。

そんな裏話があったので、のちに「女性自身」に『骨まで愛して』という連載小説を寄稿したのだった。いや、私と一緒につくった、といっていいかもしれない。

この小説は特に、自殺した銀座のクラブホステスの物語を書いたものだったが、誰にもこういう、悲しい実話があるものなのだ。その点、実話を大切にする作家だった。誰にも話さない代わりに、驚くような物語を心に忍ばせている。

あるとき私は、台湾に行ったことがある。何人かで夜道を散歩していたとき、突然、ある大きな寺院から「骨まで愛して」のレコードが聴こえてきたのだ。

私は一瞬耳を疑った。なぜこの寺院の庭から「骨まで愛して」の歌謡曲大会ともいうべき歌声が聴こえてきたのか？　一緒に散歩していた三人に、引きずられるようにマイクに近づいていったのだが、そこで私が「骨まで愛して」のもう一人の裏作者であると、紹介されたのだった。

突然の男の出現に、台湾の人々は非常に驚いたようだが、私が確かにそのいきさつを話すと「では一曲！」と、その寺院で歌わされることになった。

このとき私は、まったく心も声も、一緒になったような気になったものだった。

私は一度だけ、目の前で川内康範が涙を流すシーンを見たことがある。

彼の母親が、雨の日に、小学生の頃の彼を送って、寺から門の外まで送った日の思い出を、私に話してくれたのだ。母は息子に「大きくなるんだよ」と、傘を一本渡してくれたという。

「その傘が今日の自分をつくった」と、彼は私の前で涙を流したが、私自身も涙もろいところがあり、一緒に涙を流してしまった。

のちに森進一《もりしんいち》は、それを知ってか知らずか、川内康範の生き方と自分の生き方を重ねて、得意そうに「おふくろさん」を歌ってしまい、康範から忌避されたが、彼の一生は「母親にある」といってよかった。

私はこういった意味で、すばらしい人間性を持った人々と、おつき合いできたことになる。人間はその一生を、どういう方々とおつき合いできたかの一点にある、と私は思っているが、まさに右翼、左翼を問わず、さまざまな方とおつき合いし、私はすばらしい方々と、その一生を送ることができた、と信じている。

私の書いた本に『人にかわいがられる男になれ！』という一冊があるが、別に男だからそうなれ！　というのではなく、男女に関係なく、可愛いがられる生き方をすべきだ、と思っている。

これは知人の女性編集者の実話だが、たまたま私と作家が話をしていたあと、彼女が話の座に加わることになった。このとき、作家の可愛がっている猫が一緒に入ってきて、何と！　女性編集者の膝に乗ったではないか。

これには作家も驚いたが、女性編集者はこれまで何度も伺う間に、その猫と仲良くなっていた、というのだ。猫にでも犬にでも、相手のつながるものと親しくしていれば、仕事がうまくいくのではあるまいか？

「予想外の展開」こそ、その人の魅力を広げることになる、と私は信じている。人間だけでなく、猫でも犬でも、予想外の魅力を広げることができるのだ。

それにしても私の戦後は、我ながら驚くような人物とのつながりで、広がっていった。また、まさか太宰治らしき人物とお目にかかるとは、いまでも真実と思えないし、また自信をもって「太宰治だった」と誇れるほどでもない。

ただ「不思議」は次々とつづいていったのだ。太宰治とのことは一時的に忘れた編集者時代、私は「女性自身」で美容関係の仕事をしていたが、前述したようにあるとき突然、山崎富栄の父親と出会ったのだ。

山崎富栄の父は美容界の功労者だった。娘が大きな事件とかかわったため、どちらかというと表面には出て来なかったのだが、私とばったり出会ったといってもいいだろう。しかし娘の山崎富栄については、多くを語らなかった。

だが私は大学を卒《お》えてから、出版界に入ったため、山崎富栄にしても、その父、山崎晴弘についても、綿密に調べていたのだ。例えば、富栄を悪しざまに罵《ののし》る文学者や作家が多かった中で、私はまったく違う一面を見ていた。

というのも富栄は、英語とロシア語に堪能だったのだ。私は外国語大学でこの二つの外国語を学んでいたので、富栄の実力に驚いていた。こんな一面を見た当時の作家はいなかったろう。

父親の山崎晴弘は当時、日本の美容界が世界的に伸びる！　と、自信を持っていたようだ。娘の富栄については、世界で活躍させたいと思っていただけに、恐らく、口惜しい思いをしていたに違いない。

のちのち私は、美容関係の方々と多く知り合い、中でも米国のジャクリーン・ケネディの日本人美容師に、私の教え子が就いたことで、ある程度、美容関係の方々と深いおつき合いをするようになっていったが、返す返すも、山崎晴弘先生ともっと深く知り合うべきだったと思っている。

太宰との約束

それはともかく、私は多くの作家たちと深くつき合うようになったため、珍しい目で太宰治との「一瞬の出会い」を見られるようになっていった。

また川端康成先生をはじめ、三島由紀夫、檀一雄、五味康祐などの作家たちは「一瞬の出会い」そのものを、むしろ真剣に聴いてくれる立場だっただけに、私としては半分は、自分に自信を持っていたように思う。

もちろん、理論的に突き詰められれば、一場の夢物語に化してしまうだろう。

ただ私としては、その男性から、

「将来、出版社に進む道がある」

と教えられたことだけは忘れていない。

仮に作家でないとしたら、なぜそんなことを教えてくれたのか？

さらにその男は、

「俳句でも詩でも書いて、新聞に投稿してみなさい」

とまで、アドバイスしてくれたのだ。

この励ましゆえ大学に入ってから、ロシア文学者の原卓也などと「作家群」という同人雑誌をつくったのだ。原はのちに東京外国語大学学長となり、名翻訳者としても名を残したが、こういうアドバイスは、単に私ひとりだけではなく、仲間を大きく励ます力になってくれるものだ。

私が太宰治らしき男から、アドバイスを受けたことを、同人雑誌の仲間たちは、誰一人疑っていなかった。逆に、だからこそ、夢中になって、作品を書きつづけたのではなかったか？

つまり作家という人たちは、夢を信じて生きていく人たちなのかもしれない。いや、もともと箱根の温泉宿には、太宰治という作家らしき人物は、いなかったのだろう。私の空想が生んだ人物で、その空想に五味康祐も乗ってくれたのかもしれない。いや五味さんだけではない。太宰治の師匠ともいうべき保田與重郎先生も、私には無言だったが、鞄持ちをさせてくださったのだ。

ともかく、私を編集者として育ててくれた多くの文学者や作家たちは、私の空想物語に乗ってくれたのだった。中でも五味康祐と三島由紀夫は、自分の中でドラマ化してくれたのだろう。

さらには、川端康成先生は、私の物語を逐一聞いてくださった上で、私を可愛がってくれたのだった。作家としての空想を広げていったのだろうが、私に対しては「そういう話は夢だよ」とは、一言もいわなかった。

それにしても箱根の温泉宿で、四日間も私の話を聞いてくれた作家と覚しき人物は、誰だったのだろう？　私はこの物語の中で旅館名を省いているが、当時この温泉宿には、

義兄の結婚の仲人を務めた伊馬春部先生（前列左）。後列が著者

二軒しか旅館はなかった。それだけにご迷惑をおかけしないよう、わざと旅館名を書かなかった。

本当に作家ご夫妻であったなら、その後の私の編集者生活で、必ずバッタリ出会ったはずなのに、なぜか出会わなかった。

また作家でないとしたら、なぜ四日間も、少年の話を聞いてくれたのだろう？

太宰治の一番の親友、伊馬春部はなぜか、私の妻の兄の仲人を引き受けてくれたのだが、偶然、義兄の師匠だったのだ。これも不思議な因縁だ。まったく太宰治と関係のなかった義兄が、このとき私と知り合ったことで、太宰とつながったのだ。

運命はどこでどうつながるかわからない。これは私だけでなく、誰でも同じことだろう。私にとって箱根の四日間は、最高の運命とつながったドラマだった。

あとがき

太宰治に教えられた「きずな」

私は二十二歳から小説担当の編集者になったが、自分でも驚くほど、多くの作家の先生方と知り合ってきた。

本書の中に登場する大作家だけでも、現在の編集者はうらやましがることだろう。一つには敗戦後ということで、作家たちが、一新されたというプラスがあったかもしれない。

いわゆる大作家が自ら戦争責任を取って、第一線から姿を消していったのだ。これによって、私は新しい作家を開拓するという立場に立った、といえるかもしれない。

しかし、それだけでは、戦後の大作家たちにお目にかかり、その作品を頂くことはできなかった、と私は思っている。そこには「偶然の奇跡」あるいは「夢だったかもしれない奇跡」がなければ、私の幸運はなかったと、断言できるだろう。

私はひそかに幸運というものは「ただ運がよかった！」というだけでは、手に入れることはできない、と信じている。

だからといっては何だが、私が人生の最終期に入ろうという八十二歳になって「きずな出版」という出版社を設立しようと考えたのも「きずな」こそ、人間の運命の中で、もっとも大切なものだ、と悟ったからだ。

このとき岡村季子さんは他社の役員編集長だったのだが、ご縁があって、その出版社の社長から、一緒に組んで仕事をやったらどうか、というわけで、新しい出版社を一緒に興すことになったのだ。

そして社名を「きずな出版という社名にしましょう」と、まさに、運命にもっとも必要な一言を、ズバリといったのだった。

私はまさに自分の運命論を、いい当てられた思いだった。出版社は「人と人とのきずな」によって成り立っている。

中でも私は、太宰治と覚しき人物から「きずな」という、人生にとって、もっとも大切な宝物を頂いていたのだ。

今回はその中から、どなたでもご存知の作家たちとのエピソードを綴ったが、できればこれからはネット上でも、現実の壇上からでも、この奇跡の四日間について、お話したいと思っている。

それによって、新しいご縁ができるかもしれない。それを願うと同時に、皆さん方も「偶然の奇跡」と出会うことを祈っている。

櫻井秀勲

主な作家の参考注釈

＊1　**五味康祐**（ごみ やすすけ）
（1921－1980）大阪生れ。早稲田大学英文科中退。様々な職業を転々とした後、文芸評論家保田與重郎に師事する。1952年「喪神」が芥川賞を受賞して注目された。以後、時代小説家として活躍し、剣豪ブームをまきおこした。『秘剣』『一刀斎は背番号6』『柳生連也斎』『柳生天狗党』など時代小説の他、音楽の造詣を生かした『西方の音』はじめ、趣味が高じた野球評論、麻雀、占い等も玄人はだしであった。

＊2　**三島由紀夫**（みしま ゆきお）
（1925－1970）東京生れ。本名、平岡公威《きみたけ》。1947年東大法学部を卒業後、大蔵省に勤務するも九ヶ月で退職、執筆生活に入る。1949年、最初の書き下ろし長編『仮面の告白』を刊行、作家としての地位を確立。主な著書に、1954年『潮騒』（新潮社文学賞）、1956年『金閣寺』（読売文学賞）、1965年『サド侯爵夫人』（芸術祭賞）等。1970年11月25日、『豊饒の海』第四巻「天人五衰」の最終回原稿を書き上げた後、自衛隊市ヶ谷駐屯地で自決。ミシマ文学は諸外国語に翻訳され、全世界で愛読される。

＊3 **川端康成**（かわばたやすなりゆき）

（1899－1972）大阪生れ。東京帝国大学国文学科卒業。一高時代の1918年の秋に初めて伊豆へ旅行。以降約十年間にわたり、毎年伊豆湯ヶ島に長期滞在する。菊池寛の了解を得て1921年、第六次「新思潮」を発刊。新感覚派作家として独自の文学を貫いた。1968年ノーベル文学賞受賞。1972年4月16日、逗子の仕事部屋で自死。著書に『伊豆の踊子』『雪国』『古都』『山の音』『眠れる美女』など多数。

＊4 **立野信之**（たての のぶゆき）

（1903－1971）小説家。千葉の生れ。軍隊での生活を経てはじめプロレタリア作家として活躍するが、検挙された後は転向。現代史を題材とした作品を執筆した。『叛乱』で直木賞受賞。『友情』は転向文学の先駆けとされる。他に『明治大帝』『軍隊病』など。

＊5 **棟田博**（むねた ひろし）

（1909－1988）岡山県英田郡倉敷（現在の美作市林野）の伊藤家に生まれる。岡山津山中学校を経て、早稲田大学文学部国文科を中退。地元に帰り、短歌同人に参加するなど、文学青年の道を歩む。1928年に徴兵検査甲種合格、伍長勤務上等兵として1930年11月に満期除隊。上京して文学活動を模索する。代表作に『サイパンから来た列車』『拝啓天皇陛下様』など。

＊6 **白鳥省吾**（しらとり せいご）

（1890－1973）宮城県栗原郡築館町の生れ。経歴築館中在学中から「秀才文壇」に投稿を始める。1914年処女詩集『世界の一人』を刊行、口語自由詩創成期を代表する作品といわれる。

この頃からホイットマンに傾倒し、1918年大正デモクラシーの流れをくむ民衆詩運動に参加。1926年「地上楽園」を創刊し後進を育てた。主な詩集に『大地の愛』『楽園の途上』『共生の旗』『灼熱の氷河』『北斗の花環』、訳詩集『ホイットマン詩集』、評論集に『民主的文芸の先駆』『現代詩の研究』などがある。民謡・童謡・校歌なども数多く作った。

＊7 **野間宏**（のま ひろし）

（1915－1991）兵庫の生れ。戦時下の青春と一青年の自己完成への模索を描いた『暗い絵』で戦後派として認められ、以後、旺盛な筆力で問題作を発表。また、文学の国際交流にも尽力。著書に『真空地帯』『青年の環』など。

＊8 **高橋和巳**（たかはし かずみ）

（1931－1971）大阪の生れ。十歳のときに太平洋戦争が勃発。疎開先でいくつかの文学全集を読破した。1949年に新制京都大学文学部第一期生として入学。友人の小松左京、北川荘平、石倉明らとともに同人雑誌を刊行する。1958年に『捨子物語』を足立書房より自費出版。1962年『悲の器』が第1回河出書房新社「文芸賞」長篇部門に当選し、翌年にはテレビドラマとして放送された。1966年には『邪宗門』を河出書房新社より刊行。

＊9 **水上勉**（みずかみ つとむ）

（1919－2004）福井県生れ。少年時代に禅寺の侍者を体験。立命館大学文学部中退。戦後、宇野浩二に師事する。1959年『霧と影』を発表し本格的な作家活動に入る。1960年『海の牙』で探偵作家クラブ賞、1961年『雁の寺』で直木賞、1971年『宇野浩二伝』で菊池寛賞、

1975年『一休』で谷崎賞、1977年『寺泊』で川端賞、1983年『良寛』で毎日芸術賞を受賞する。『金閣炎上』『ブンナよ、木からおりてこい』『土を喰う日々』など著書多数。

＊10 **藤原審爾**（ふじわら しんじ）
（1921－1984）東京・本郷生れ。1952年に『罪な女』で直木賞（第27回）、1963年に『殿様と口紅』で小説新潮賞（第9回）を受賞。戦後間もなく奥津温泉を舞台にしたと言われる『秋津温泉』などの恋愛小説で文壇に登場し、1928年上京。『秋津温泉』『泥だらけの純情』『赤い殺意』など映画化された作品も多い。

＊11 **阿佐田哲也**（あさだ てつや）
（1929－1989）東京生れ。東京市立三中に入るが、学校になじめず中退。戦後の数年間、放浪と無頼、映画と演劇の日々をおくる。雑誌編集を経て、1961年「黒い布」で中央公論新人賞を受賞。その後、阿佐田哲也名義で『麻雀放浪記』など多くの麻雀小説を手掛ける。1977年『怪しい来客簿』で泉鏡花賞、1978年『離婚』で直木賞、1981年「百」で川端康成賞をそれぞれ受賞する。1988年には『狂人日記』で読売文学賞を受賞。他の作品に『引越貧乏』『生家へ』『恐婚』など。筆名として色川武大を名乗る。

＊12 **小島功**（こじま こお）
（1928－2015）東京生れ。日本の漫画家、イラストレーター。「漫画界一の流麗な線描」と評された画風を特徴とし、エロティックな女性が登場するマンガやイラストを数多く発表した。日本漫画家協会の設立に尽力し、常務理事、社団法人時代の理事長（第4代）、会長、公益社団法人

時代の名誉会長を歴任。代表作に「黒猫ドン」「仙人部落」がある。

＊13 **サトウハチロー**（さとう　はちろう）

（1903－1973）東京生れ。詩人、小説家、作詞家。父は小説家の佐藤紅緑。父の弟子、福士幸次郎の紹介で西条八十に師事。1926年に処女詩集『爪色の雨』を刊行。また、演劇の台本や小説も書き、童謡・歌謡曲の作詞家としても活躍。戦後は童謡の復興に努め、敗戦直後歌われた「りんごの唄」「ちいさい秋みつけた」の作詞や、テレビ番組と連携した詩集『おかあさん』などで多くの人々に親しまれた。日本童謡協会初代会長、日本音楽著作権協会会長。1966年紫綬褒章、1973年瑞宝章受章。小説家の佐藤愛子は異母妹。

＊14 **田宮虎彦**（たみや　とらひこ）

（1911－1988）東京生れ。1951年に『絵本』で毎日出版文化賞を受賞。東大在学中『日暦』『人民文庫』などの同人に加わる。卒業後、都新聞社に入社したが、間もなく退社し、国際映画協会、京華高女など多くの職場を転々とする。1945年、文明社を創立し「文明」を創刊。22年発表の『霧の中』が出世作となり、以後作家として活躍。『物語の中』『落城』『鷺』などの歴史小説をはじめ『足摺岬』『絵本』『銀心中』『異端の子』『沖縄の手記から』など多くの作品がある。また亡き妻との往復書簡集『愛のかたみ』を刊行。

＊15 **森鷗外**（もり　おうがい）

（1862－1922）石見国鹿足郡津和野町生れ。本名は森林太郎。東大医学部卒業後、陸軍軍医になる。1884年から四年間ドイツへ留学。帰国後、留学中に交際していたドイツ女性との悲恋を基に処女小説『舞姫』を執筆。以後、軍人としては軍医総監へと昇進するが、内面では伝統的な家父長制と自我との矛盾に悩み、多数の小説・随想を発表する。近代日本文学を代表する作家の一人。主な作品に『青年』『雁』『阿部一族』『山椒大夫』『高瀬舟』『キタ・セクスアリス』など。

＊16 **保田與重郎**（やすだ よじゅうろう）
（１９１０－１９８１）奈良県磯城郡桜井町生れ。１９３６年に『日本の橋』で池谷信三郎賞（第1回）、１９３８年に『戴冠詩人の御一人者』で透谷文学賞（第2回）を受賞。経歴東京帝大在学中に同人誌「コギト」を創刊。代表作に『日本の橋』『戴冠詩人の御一人者』『後鳥羽院』『万葉集の精神』など。戦後は、戦時下の思想を代弁したとして追放され、雑誌「祖国」に拠り、無署名で多くの言論をなす。１９５５年「新論」を創刊。解除後『現代畸人伝』『日本の美術史』『日本浪曼派の時代』を刊行。

＊17 **檀一雄**（だん かずお）
（１９１２－１９７６）山梨県生れ。少年期に母が若い学生と出奔、その傷心が文学への原点となる。東大経済学部在学中の処女作が認められ、佐藤春夫に師事。「日本浪曼派」に加わるも、従軍と中国放浪の約十年間を沈黙。１９５０年、『リツ子・その愛』『リツ子・その死』を上梓して文壇復帰。１９５１年、『真説石川五右衛門』で直木賞受賞。死の前年まで二十年にわたって書き継がれた『火宅の人』により、没後、読売文学賞と日本文学大賞の両賞受賞。

＊18 **中原中也**（なかはら ちゅうや）
（１９０７－１９３７）山口県生れ。東京外語専修科修了。若くして詩才を顕わし、十五歳で友人

との共同歌集『末黒野』を出す。１９２５年上京、小林秀雄、永井龍男、河上徹太郎、大岡昇平らと交遊し、１９３４年に第一詩集『山羊の歌』を自費出版する。１９３３年の結婚後、長男文也を二歳で失ってから心身が衰弱し、１９３７年、鎌倉で急逝。小林秀雄に託されていた詩稿が、翌年に『在りし日の歌』として出版された。

＊19 **安岡章太郎**（やすおか しょうたろう）

（１９２０-２０１３）高知県高知市生れ。慶大在学中に入営、結核を患う。戦後、カリエスを病みながら小説を書き始め、１９５３年「陰気な愉しみ」「悪い仲間」で芥川賞受賞。弱者の視点から卑近な日常に潜む虚妄を描き、吉行淳之介らと共に「第三の新人」と目された。１９５９年「海辺の光景」で芸術選奨と野間文芸賞、１９８１年「流離譚」で日本文学大賞、１９９１年「伯父の墓地」で川端康成賞を受けた。

＊20 **松本清張**（まつもと せいちょう）

（１９０９-１９９２）福岡県小倉市（現・北九州市小倉北区）生れ。給仕、印刷工など種々の職を経て朝日新聞西部本社に入社。『西郷札』を懸賞小説に応募、入選。のちに、直木賞候補となる。１９５３年に『或る「小倉日記」伝』で芥川賞受賞。１９５８年の『点と線』は推理小説界に〝社会派〟の新風を生んだ。生涯を通じて旺盛な創作活動を展開し、その守備範囲は古代から現代まで多岐に亘った。

＊21 **高見順**（たかみ じゅん）

（１９０７-１９６５）福井県生れ。本名は高間芳雄。実父は、福井県知事阪本さん之助。１９０

8年に祖母、母親とともに東京に移る。府立一中、一高、東大と典型的なエリートコースを歩むが、一高時代から同人雑誌を創刊するなど、文学で身を立てる志向を明らかにしていた。大学卒業後、コロムビア・レコードに就職するが、労働運動に参加し、治安維持法違反の容疑で検挙される。「転向」したことで、逮捕から半年後に釈放。転向後初の長編『故旧忘れ得べき』が第1回芥川賞の候補作になり、作家としての地位を確立する。1939年から15年にかけて戦時下の浅草の風俗を写しとった長編『如何なる星の下に』を発表し、高い評価を受ける。戦後は『わが胸の底のここには』『風吹けば風吹くがまま』など自省的な作品を次々に発表。晩年には代表作『いやな感じ』『激流』を刊行した。

＊22 **石川達三**（いしかわたつぞう）
（1905－1985）秋田県横手町（現・横手市）生れ。早稲田大学英文科中退。1930年に移民船に便乗してブラジルに渡り半年後帰国。1935年に移民の実態を描いた『蒼氓』で第1回芥川賞を受賞。戦後は『風にそよぐ葦』や『人間の壁』など、鋭い社会的問題意識をもった長編を続々発表。書名のいくつかは流行語にもなった。他に『結婚の生態』『青春の蹉跌』『その愛は損か得か』など、恋愛をテーマとした作品も数多くある。

＊23 **司馬遼太郎**（しばりょうたろう）
（1923－1996）大阪市生れ。大阪外語学校蒙古語科卒。産経新聞文化部に勤めていた1960年、『梟の城』で直木賞受賞。以後、歴史小説を一新する話題作を続々と発表。1966年に『竜馬がゆく』『国盗り物語』で菊池寛賞を受賞したのを始め、数々の賞を受賞。1993年には文化勲章を受章。〝司馬史観〟とよばれる自在で明晰な歴史の見方が絶大な信頼をあつめるなか、1

971年開始の『街道をゆく』などの連載半ばにして急逝。享年72。『司馬遼太郎全集』（全68巻）がある。

＊24 **火野葦平**（ひの あしへい）（1907－1960）若松の石炭仲仕業の家に生まれる。本名は玉井勝則。早稲田大学中退。旧制小倉中学在学時から投稿を始める。1938年、中国戦線従軍中『糞尿譚』で第6回芥川賞を受賞。その後、『麦と兵隊』などの兵隊三部作で一躍流行作家となる。戦後は一時公職追放されたが、『花と龍』『革命前後』など精力的な創作活動を続けた。九州文学の中心的存在であった。自宅「河伯洞」で自殺。芸術院賞受賞。

＊25 **田村泰次郎**（たむら たいじろう）（1911－1983）三重県生れ。早稲田大学在学中から小説、評論などを次々と発表し、有望な新人と目されていたが、太平洋戦争開始を前に応召。中国各地を転戦し1946年に帰還する。「日本の女には貸しがある」と叫んだ言葉の通り、男女の肉体と欲望を描くことで人間の魂に迫ろうとする作品で戦後文壇に華々しく躍り出た。『肉体の悪魔』を始めとして『肉体の門』『春婦伝』『男鹿』『蝗』『地雷原』など、戦場を潜り抜けた人間だけが持つ独特の生命観に裏打ちされた文字通りの「肉体派作家」として熱狂的に支持される。1967年に脳血栓で倒れる。以後ほとんど執筆をすることがなかった。

＊26 **永井荷風**（ながい かふう）（1879－1959）東京都出身。小説家、随筆家。1898年に広津柳浪の門に入り小説家を

志す。その一方で、落語家や歌舞伎作者の修業もした。1903年から5年間、アメリカやフランスに遊学し、その体験をもとに1908年『あめりか物語』、1909年『ふらんす物語』などを執筆、文壇に新風を吹き込む。1910年に慶応義塾大学教授となり、雑誌「三田文学」を創刊。1916年に隠遁生活に入り、江戸趣味に傾倒。1917年には日記『断腸亭日乗』を起筆。その後、1931年に『つゆのあとさき』、1934年『ひかげの花』、1937年『濹東綺譚』を発表。

＊27 **埴谷雄高**（はにや ゆたか）

（1909-1997）台湾・新竹生れ。本名は般若豊。1970年に『闇のなかの黒い馬』で谷崎潤一郎賞（第6回）、1976年『死霊』で日本文学大賞（第8回）・1990年に歴程賞（第28回）を受賞。日大入学後、アナーキズムの影響を受け、1931年共産党に入党。農民運動に従事したが、7年に検挙され、8年に転向出獄。20年文芸評論家の平野謙らと「近代文学」を創刊し、『死霊』を連載。第一次戦後派作家としての活動を続けた。評論家としては『永久革命者の悲哀』を発表。著書にアフォリズム集『不合理ゆえに吾信ず』『幻視の中の政治』、短編集『虚空』『闇の中の黒い馬』のほか、『埴谷雄高作品集』『埴谷雄高評論選書』がある。

＊28 **津島佑子**（つしま ゆうこ）

（1947-2016）東京生れ。作家・太宰治の次女。白百合女子大学英文科卒。在学中より「文芸首都」「三田文学」に参加。1978年に『寵児』で女流文学賞、1979年に『光の領分』で野間文芸新人賞、1983年に『黙市』で川端康成文学賞、1987年に『夜の光に追われて』で読売文学賞を受賞。1991年10月から翌年6月までパリ大学東洋語学校で日本文学を講義する。著書は『謝肉祭』『大いなる夢よ、光よ』『かがやく水の時代』など多数。

＊29 **太田治子**（おおた はるこ）

（１９４７－）神奈川県小田原市生れ。明治学院大学文学部英文学科卒。父は作家の太宰治。高校2年生で手記『十七歳のノート』を出版。幼い頃から母・静子の影響で絵画に親しみ、１９７６年からＮＨＫ『日曜美術館』の初代アシスタントを3年間務める。ＯＬ生活を経て、作家活動を再開。１９６６年に「宿願の津軽に父太宰治を求めて」で第5回婦人公論読者賞、１９８５年に『心映えの記』で第1回坪田譲治文学賞を受賞。代表作に『青春失恋記』『私のヨーロッパ美術紀行』『母の万年筆』『気ままなお弁当箱』がある。

本書は書き下ろしです。

櫻井秀勲（さくらい・ひでのり）

1931年、東京生まれ。東京外国語大学を卒業後、光文社に入社。大衆小説誌「面白倶楽部」に配属され、松本清張、遠藤周作、川端康成、三島由紀夫、幸田文など文学史に名を残す作家と親交を持った。三十一歳で週刊「女性自身」の編集長に抜擢され、毎週一〇〇万部発行の人気週刊誌に育て上げた。五十五歳での独立を機に作家デビュー。女性心理、生き方、仕事術、恋愛、結婚、運命、占術など多くのジャンルで執筆。その著作数は二二〇冊を超えた。

編集協力／永井草二

太宰治との奇跡の四日間
私的、昭和文壇史

二〇二四年七月十一日　第一刷発行

著　者　櫻井秀勲
発行者　岡村季子
発行所　きずな出版
東京都新宿区白銀町1－13　〒162－0816
電話　03－3260－0391
振替　00160－2－633551
https://www.kizuna-pub.jp/

ブックデザイン　川島　進
印刷・製本　モリモト印刷

ISBN978-4-86663-243-8

きずな出版

三島由紀夫は何を遺したか

櫻井秀勲

三島由紀夫の担当編集者であると同時に、友人でもあった著者が語る「作家・三島由紀夫」と「人間三島由紀夫」の実像とは？　割腹自殺をした理由、ノーベル文学賞落選の真相など、日本文芸界の真相とは？

定価　本体1500円＋税

誰も見ていない書斎の松本清張

櫻井秀勲

一九五三年の芥川賞受賞直後に手紙を送り、初の「担当編集者」となった著者は、最初期の松本清張に何を感じたのか？　戦後日本の文芸界との関わり、家族とその暮らしぶり、松本清張と交わした約束とは？

定価　本体1500円＋税